潮風メニュー

喜多嶋 隆

角川文庫
23322

潮風メニュー　目次

1　女優デビューも、楽じゃない……7
2　天使のラッパ……19
3　ポニー・テールは、少し切なくて……29
4　オジサン、化けの皮が、はがれちゃうよ……40
5　不ぞろいのトマトたち……50
6　それは、太陽の味がする……60
7　桃ちゃんは、天国で見ている……71
8　僕の心臓のBPMは……81
9　青山通りを、タヌキが二匹……91

10 4800円が泳いでいる …… 101
11 ガサ入れ …… 111
12 君に嫉妬してた …… 120
13 せっかく、泳ぎを覚えるチャンスだったのに …… 129
14 不器用な町 …… 138
15 タコは、ときどき噛みつくから …… 148
16 吾輩は猫であり、名前はサバティーニ …… 158
17 その手は、希望という名の苗を植えている …… 168
18 君の心は無添加だから …… 179
19 放っておけないんだよ …… 189
20 イカスミ砲 …… 199

21 キャッチャー・ミットは、1センチも動かない …… 209
22 わたしのお母さんじゃないの？ …… 219
23 幸せって…… …… 229
24 そのとき、風が吹いた …… 240
25 ハートロス …… 249
26 ブイヤベースではじまる恋もある …… 259
27 あの夏に忘れ物 …… 268
28 きっと、神様が見ていたんだ …… 278
あとがき …… 292

1　女優デビューも、楽じゃない

「……わたしが映画に出る!?」

と愛(あい)は言った。口を半開き。かじっていたアイスキャンディーのカケラが、ぽろりと床に落ちた。

9月中旬。午後3時。

葉山(はやま)の森戸(もりと)海岸にあるシーフード食堂〈ツボ屋〉。

わたしは、魚市場で仕入れてきた（正確に言うと拾ってきた）イカをさばいていた。

今日の明け方も、市場の隅には脚（あし）のちぎれたヤリイカがかなり放置されていた。そのままでは、捨てられてしまう……。

わたしと愛は、一生懸命にそのヤリイカを拾い集めてきた。うちの店で、食材として使うために……。

わたしがカウンターの中でそのイカをさばいていると、愛が、中学校から帰ってきたのだ。

「それで、映画って⁉」と愛。もともと丸い目を、さらに見開いた。

「まあまあ落ち着いて」わたしは軽く苦笑い。愛に説明しはじめた。

映画監督の向井（むかい）さんが店に来たのは、今日の昼頃だった。

「突然だけど、海果（うみか）ちゃんにちょっと相談があってね」と向井監督がわたしに言った。

「映画はいま編集の最中なんだけど、問題が発生して……」

「問題？」

「問題というほど大げさな事じゃないんだけど、ちょっとこれを見てくれないか」と監督。一緒に来た助監督だという若い人が、カウンターにノート・パソコンを置いた。

その画面に、映像が現れた。この夏、葉山で撮影した恋愛映画〈いつか君と見た水平線〉。……その一場面だ。

主役の内海慎と、相手役の今井朝美が、昼ご飯を食べるシーン。うちの店の中で撮影したものだ。

そのシーンの少し前。うちの店の外観が映る。

そして店の前を、中学生ぐらいの女の子が二人、しゃべりながら歩いていく……。よくある、さりげないカットだ。

「それはいいんだが、この二人の女の子が、いかにも都会っ子なんだよね」と監督がつぶやいた。相変わらず穏やかな口調で……。

助監督らしい人が、その場面をプレイバックする。

「確かに……」わたしは、つぶやいた。

店の前を歩いていく二人の女の子。その子たちは、可愛いけどいかにも子役のタレントっぽい。着ている服も都会的で、やたら洒落ている。

「これじゃ、海岸町の路地じゃなくて田園調布の並木道だよ……」監督は苦笑い……。

「向井監督の狙いは、葉山という土地を素朴な海岸町として、その生活感をリアルに描く事だったんですが、キャスティング・スタッフのミスでこうなってしまって……」

と助監督。表情を曇らせた。

「愛を？」わたしは訊き返した。

「この数秒のシーンだけでも撮り直したいんだ。スケジュール的にはぎりぎり間に合うし」と監督。「そこで相談だけど、君の親戚でこの店を手伝ってる愛ちゃん、出てくれないかな」と言った。

わたしは、胸の中でうなずいた。愛の事は〈親戚の子〉と監督に話したのを思い出していた。

あれは、愛と二人、早朝の魚市場に魚を拾いにいくところだった。道で監督たちとばったり出会った。そこで、とっさに、愛を〈親戚の子〉と紹介した。

わたしと愛の奇妙な出会いから説明している時間がなかったからだ。

「あの愛ちゃんなら、葉山の地元っ子らしさが出ると思うんだ。誰か友達と一緒に店の前を歩くだけでいいんだけど」監督は言った。もし愛がオーケーなら、来週にでも撮影したいと言った。

「本人に話してみるわ」わたしは答えた。

「どうしよう、ウミカ……」と愛。わたしの顔を見た。

「どうもこうも、やってみればいいいんじゃない？　店の前を歩くだけだし、簡単じゃない」

「……でも、あの慎ちゃんの映画に出るんだよ……」愛は、目をさらに丸くして言った。

わたしは、また苦笑い。

確かに、慎は、独特の個性ですごく人気のある俳優だ。そんな慎が主演する映画とはいえ、店の前を歩き過ぎるのは、単なるエキストラだろう。

けれど、13歳になったばかりの愛に、それを言ってしまうのはちょっと可哀想だ。

「まあ、何秒かでも映画に映れば記念になるよね。ギャラももらえるかもしれないし……」わたしは言った。

「そっか、出演料か……」と愛がつぶやいた。

それは愛にとって大事だろう。

この子がお父さんからもらっている生活費は、また、かなり減ったらしい。お父さんの仕事は、うまくいってないようだ。

愛は、いま中学一年。二年になる来年には修学旅行がある。

その修学旅行の積み立て金を、お父さんからもらうささやかな生活費を削って出しているのに、わたしは気づいていた。

そんな愛にとっては、100円でも200円でも大切なのだろう。

「じゃ、映画に出るのはオーケーだって監督に言うよ」とわたし。愛は、ぼんやりとした表情のままうなずいた。

夜明けの5時。魚市場ではタコが飛んでいた。

生簀（いけす）にあるタコ。一匹ずつネットに入っているタコを、

「いくよ！」と一郎（いちろう）がダイナミックなフォームで投げる。背が高く筋肉質な一郎の体が、躍動した。

すると、30メートル先にいる仲買人が持っている発泡スチロールに、飛んでいったタコはすっぽりとおさまる。眺めていた市場の人が、「一郎のやつ、さすが、元プロ野球選手だな……」とつぶやいた。

「ところで、あいつ、なんか変じゃないか？」と一郎。獲（と）れたてのアジを仕分けする手を止め、愛を見ている。

わたしと愛は、いつものように、捨てられそうになっている魚やイカを拾いはじめていた……。

市場の隅に、脚の千切れたヤリイカや、ヒレのとれてしまった魚が落ちている。愛

は、ポリバケツを持ってそれを拾いはじめた。けれど、その動作がのろい……。

いつもの愛は、わたしより目ざとい。中高生の頃から〈カピバラ女〉と言われたほど間抜けでボサッとしているわたしとは対照的。素早くテキパキと魚やイカを拾っているのに……。

いまは、その動作がノロノロしている。

「実は……」とわたし。一郎に説明する。愛が通行人のエキストラで映画に出る事になったと……。

「へえ、面白いじゃないか」と一郎。近くに来た愛に、

「映画に出るんだって？」と言った。半分は、からかうような口調だった。けれど愛は、

「あ、ああ……そうなんだけど……」と答えた。その視線が宙を泳いでいる。

わたしと一郎は、顔を見合わせた。一郎は苦笑いし、肩をすくめた。


「え？……愛の身長？」わたしは、電話で訊き返していた。

日曜日。午後3時過ぎ。今日も、慎のファンらしい女性客たちが来た。

慎が、映画のロケ中にうちの店に来た、この店の中で撮影もした。

それが知れ渡ってから、ずっと慎の女性ファンたちが店にやってくる。その状況は、まだ続いている。

そんなお客たちが帰った頃、電話がきた。この前来た助監督の人からだった。愛と一緒に映画に出る子の身長を知りたいという。

「前回の撮影で失敗したんで、今回はスタイリストさんに、それらしい服を用意してもらうつもりなんだけど……」と助監督。

わたしは、その事を皿洗いしてる愛に伝えた。

「え？　スタイリスト？」と愛。

「そう、服を用意してくれるって。で……あんた身長何センチ？」

「えっと、この前の身体測定だと１４８センチ」と言った。わたしはうなずく。中一にしては小柄な愛の身長はそんなものだろう。

「それと、一緒に映画に出る子、トモちゃんだっけ……あの子の身長は？」わたしは訊いた。

仲がいい同級生のトモちゃんという子に声をかけた、愛はそう言っていた。

「たぶん、わたしとほとんど同じ」と愛。わたしは、それを助監督に伝えた。そうしているうちに、

「あの……」と愛。

「何?」

「ヘアメイクさんとかも、つくのかなあ……」愛が訊いた。

「そっか……」わたしはつぶやいた。

慎と今井朝美の撮影をうちの店でやったときのこと。朝美の髪型やメイクをプロの女性がていねいに仕上げていた。朝美は本職の女優だから、当然なのだけど……。

愛は、それを見ていたのだ。

「あの、ヘアメイクさんはつくのかと、タレントさん本人が言ってるんですけど……」わたしは、冗談まじりに助監督に言った。彼は3秒ほど考え、

「オーケー。じゃ、ヘアメイクさんも手配するね」と言ってくれた。そして、撮影は次の土曜日に決まった。

「よかったね、スタイリストもヘアメイクさんもつくって」わたしは、電話を終えると愛に言った。

すると、カウンターの端でコーヒーを飲んでいた一郎が、

「女優デビューか……。いまのうちにサインをもらっとこうかな」と言った。

「やだ、恥ずかしい!」と愛。それでも、まんざらでもないのか、その頬が紅く染まっている。

「おい、カピバラ」という声。

午前10時。店でマヒマヒをさばいていたわたしは、顔を上げた。奈津子が店に入ってきたところだった。奈津子は、葉山育ちの幼なじみ。今年の春、一緒に高校を卒業した。

そんな奈津子はいま、プロのウインド・サーファーを目指しているのだが……。

「カピバラで悪かったわね」わたしは言った。中学生の頃、いつもボサッとしているわたしを〈カピバラ女〉と呼びはじめたのは、この奈津子だ。

彼女は、わたしの後ろにある写真を見た。カンパリのボトルのとなり、小さめの額に入った写真がある。

4年前、その夏14歳だったわたしと母さん。すぐそばの砂浜で撮った写真だ。それを5秒ほど見ていた奈津子は、

「男とトンズラした母さんから、連絡は？」と訊いた。

「男とトンズラって……」わたしは、口ごもった。突然行方をくらました母さんが男の人と……。まだ、そうと決まったわけじゃない。

「いや、あのモテる母さんなら、そんなところさ」と奈津子。また額の写真をちらり

と見た。

ハイレグの水着姿の母さんは、確かに輝いている。となりのわたしは、ただ照れたような間抜けな表情……。

「まあ、ボケナスのあんたにはわからないだろうけどね」奈津子はピシャリと言った。

「……ところで、愛は？」

「いま学校だよ。愛が、どうかした？」とわたし。

「昨日の夕方、近所のドラッグストアであの子を見かけたんだ」

「ドラッグストア？」

「そう。あの子、棚の前でなんか真剣な顔してた」

「真剣な？……何の棚で？」

「なんだと思う？」

と奈津子。わたしは、首をひねった。

そういえば、愛が自分の金庫からお金を出していたのをつい最近見かけた……。

ほとんど毎朝、わたしは愛と一緒に魚市場に魚を拾いに行く。

市場に行くとき、愛の髪は両側で二つに結ぶ。するとさらに幼くなり、へたすると小学生にも見える。

それが効果を発揮して、市場の人たちも笑顔で魚を分けてくれるのだけれど……。

そんな朝の仕入れから帰ると、わたしは約束のバイト代600円を愛に渡している。あの子は、そのお金をビスケットの空き缶に貯めている。まだ貯金通帳を持っていないらしい。そして、ときどき自分の金庫である空き缶を開けては、中を確かめている。

つい昨日、愛はその空き缶からお金を取り出していた。それを持ってドラッグストアに……。

「で、あの子、何を買おうとしてた?」とわたし。

「それが、なんとコンドーム」と奈津子。

2　天使のラッパ

「へ!?」わたしは思わず間抜けな声を出していた。

「冗談、冗談。あんなガキにそんな物が必要なわけないじゃん」と奈津子。「あの子が見てたのは美肌乳液（びはだにゅうえき）」

「美肌……」とわたし。奈津子はうなずいた。

「まだガキっぽいけど、そろそろ色気づく年頃なんだね」と言った。

「そっか……」とわたし。しばらく考え、説明しはじめた。愛が、映画のエキストラで出演する事を話した。

「なるほどね」と奈津子。「要するに、この辺で育った子の田舎くささが欲しかったんだ」

「とはいえ、13歳の女の子にしてみたら映画に出るのは一大事だ。出来るだけキレイになりたい気持ちはわかるけどね」と奈津子は言った。

「まあ……」

わたしは、思い出していた。

この夏、愛は、魚市場で仕事をしてる一郎に、ボールの投げ方を教わっていた。

元プロ野球選手の一郎は、妹のように可愛がりはじめた愛に、親切に教えていた。

それはいいのだけれど、真夏の砂浜で投球練習をしていたせいで、愛はかなり陽灼けしてしまった。

いかにも葉山育ちの13歳……。ただし、陽灼けのせいか、その頬にはソバカスが散っている。

「そうか……それで美肌乳液を見てたのか……」と奈津子。

「で、あの子は買ったの？」

「いや、いまどきの美肌乳液ってかなり高いのが多いんで、しばらく迷っててあきらめたみたいだったな」

奈津子は言った。愛は少し肩を落として、ドラッグストアから出ていったという。

わたしは、苦笑い。あの子らしいとも思った。森戸の砂浜から聞こえてくる波音に耳を傾けていた……。

「あんたさ、なんか緊張してない？」わたしは愛に言った。

撮影本番の朝、9時。愛が自分の紅茶にいれたのは、塩だった。

「しかも、着てるそのTシャツ、後ろ前だよ」わたしは言ってあげた。

「あ……やばい」と愛。口を半開き。あわてて二階に上がっていった。

わたしは苦笑い。

愛は、ときどき背伸びして生意気な事を言うし、お金の計算にはシビアな、うちの経理部長だ。

けれど、そこはやはり13歳になったばかりの女の子。撮影を前に、ひどく緊張している。

撮影は、陽が高くなる午前11時からの予定だ。けれど、店の外ではスタッフたちがもう準備をはじめている。

カメラマンや助手たちが、カメラのセッティングをはじめている。照明のスタッフたちは、大きなレフ板の準備をはじめている。

ドアが開き、愛の同級生のトモちゃんが入ってきた。2、3回はうちの店に遊びにきた事がある。サバサバとした性格の明るい子だ。

「あれ、愛は？」と彼女。わたしは二階を指さし、

「かなり緊張しててさ」と言った。Tシャツを後ろ前に着ていた事を話した。トモちゃんはうなずいた。

「愛は、ああ見えて、けっこう気が小さいところがあるから……」とつぶやいた。


「すごくきれいな髪ね」とヘアメイクの女性が愛に言った。

午前10時。撮影まであと1時間。店の中で、メイクさんが愛の髪を整えはじめた。

愛は、相変わらず緊張した表情をしている。

「サラサラしたストレートな髪……」とヘアメイクさん。

それは、わたしも、気づいていた。肩まである愛の髪は、細くて柔らかい。同じ年頃の子たちに比べても、きわだっている。

愛はまだ子供っぽい丸顔。鼻も低い。そんなこの子に取り柄があるとすれば、そのサラサラした髪と、黒目がちで大きな瞳だろう……。

「で、ポニー・テールでいいかな？」とヘアメイクさん。愛に訊いた。

トモちゃんは、ボーイッシュなショートカット。なので、愛の方は対照的なポニー・テール。まあ妥当なところだろう。愛は、緊張した表情のままうなずいた。

やがて、メイクさんがポニー・テールにした愛の前髪を切りはじめた。

鼻にかかるところまで伸びてしまっている前髪を、眉のあたりで手際よくカットしていく……。

◆

「ひぇ！」愛が、すっとんきょうな声を上げた。

撮影まで15分。愛は、店の外を見た。

出入口のそばに、ちょっとした出窓がある。愛は、そこから外の通りを見た。そして、〈ひぇ！〉と声を上げたのだ。

わたしも外を見た。撮影スタッフの姿が見える。野次馬も二〇人ぐらいいる。そして、中学生らしい女の子たちが四、五人……。

中には見覚えのある子もいる。どうやら、愛やトモちゃんの同級生らしい。

愛はあせった顔でトモちゃんを見た。

「撮影の事、みんなに話したの？」と訊いた。トモちゃんは、屈託のない笑顔で、

「うん、みんな応援にきてねって言っといた」と言った。トモちゃんは、そういう開けっぴろげな性格らしい。

愛は、口をパクパクさせている。想定外なんだろう……。

「いいじゃない。さあ、いこうよ」とトモちゃん。愛の手を引いて店を出た。とたん、

「愛ちゃん！」「トモコ！」「がんばれ！」という同級生たちの声が響いた。

それは、イジメとかの欠片もない。素朴な海岸町の光景だった。

トモちゃんは、そんな同級生たちに笑顔で手を振った。

けれど、愛は、引き攣った表情……。

愛もトモちゃんも、スタイリストが用意してくれたTシャツとショートパンツを身につけている。

着古した感じのTシャツやショートパンツで、陽灼けした二人にはよく似合っていた。

そして足元は、これも使い込んだビーチサンダル……。いかにも葉山の地元っ子だ。

まだ9月なので、夏の匂いがする陽射しが店の前にあふれている……。

向井監督が、二人を見て微笑しうなずいた。愛たちの姿が狙い通りという表情だった。そして、

「じゃ、よろしくね」と二人に言った。

カメラマンやその助手たちが、カメラのそばで何か確認をしている。照明のスタッフも、レフ板の角度を調整して、二人に明るい反射光が当たるようにしている。

そうしている間にも、奈津子がやってきた。野次馬にまざって、ニヤニヤしながら見物している。

「じゃ、ここから歩きはじめて、お店の前を歩いていってくれる？　何か話しながら……」と助監督が二人に言った。トモちゃんは、笑顔でうなずいた。

けれど、愛はこちこちに固まっている。よく見れば、その膝が小刻みに震えている。

大丈夫かな……。わたしは、かなり心配になってきた。

「カメラ、スタート！」と声がかかったら3秒ほど数えて歩きはじめてね」

助監督が、二人に言った。愛の前髪に櫛を入れていたメイクさんが、離れる。そして、スタッフみんなが二人から離れた。

「じゃ、よろしく。シーン158、カット1！」の声。そして、「カメラ、スタート！」

そのときだった。トモちゃんが、愛の耳元で何かささやいた。

すると、こちこちに固まっていた愛の表情が、急にほどけた。〈え？〉という感じで目を見開き、トモちゃんに何か答えた。

トモちゃんが、笑顔で言い返し、そこから会話がはじまった。そうしながら、二人は歩きはじめた。

愛がちょっと口をとがらせ、歩きながら何か言った。

「そんなの、いいじゃん」とトモちゃんが笑顔で返したのがかすかに聞こえた。この年頃の女の子たちらしい、自然なやりとりだった。

そうして、二人は店の前を歩き過ぎた……。3秒後、「カット！」の声が響いた。

結局、6回、カメラは回った。愛の表情も、どんどん自然になっていった。

そこで撮影は一時ストップ。

「映像チェックします！」と助監督。

向井監督が撮った映像をチェックしはじめた。液晶モニターでプレイバックされる映像を繰り返し見ている。現場の空気がやわらいだ……。

愛は、同級生たちに囲まれて何か話している。ちょっと離れているトモちゃんにわたしは声をかけた。

「ねえねえ、撮影がはじまったとき、愛になんて声をかけたの？」と訊いた。

トモちゃんのひとことで、愛の表情が一変した。そのとき、トモちゃんは何を言ったのだろう……。トモちゃんは、わたしの耳元に口を近づける。

「愛が、すごく緊張してるんで、〈いまオナラしちゃダメだよ〉って言ったの」

「オナラ……」わたしは、小声でつぶやいていた。

トモちゃんが説明する。ついこの前、夏休みに読んだ本の感想を発表する授業があったという。その日は、愛が発表することになっていたらしい。

「授業の前の休み時間、わたしと愛は廊下を歩いてたんだ」とトモちゃん。

「愛は、けっこう成績がいいから、みんなの注目を浴びてたと思うよ」と言った。

「そこで愛はひどく緊張してたらしくてさ、お腹を押さえて〈オナラ、出ちゃう！〉って言ってさ、トイレに駆け込んでいったの」とトモちゃん。

「そうか……」とわたし。相手が仲のいい同級生とはいえ、正直に〈オナラ〉と言ってしまうところが、愛の子供っぽさ……。

　そして、わたしは思い出していた。

　あれは、2カ月前の7月。一学期の期末テストがあった。その朝、学校に行くしたくをしている愛の表情が緊張している。

　やがて、お腹を押さえてトイレに飛び込んでいった。うちの家はひどく安普請。トイレのドアも薄い。

　愛が入ってすぐ、プッと可愛らしい音がかすかに聞こえた。

　子供の頃に読んだある童話で〈天使のラッパ〉という言葉を目にしたのを、わたしは思い出していた。

　わたしがトモちゃんとそんな話をしていると、

「オーケー、お疲れ様！」と映像のチェックをしていた向井監督の声が響いた。

撮影終了。現場の緊張感がほどけた。スタッフ全員が、愛たちに拍手をしてくれた。愛の顔が、茹でたように赤くなっている。

「なんとかなったね」と見物してた奈津子。集まっていた野次馬も、散っていく。

そのときだった。奈津子が、一人の人を見ているのに、わたしは気づいた。

野次馬の一番後ろにいた、背の高い男の人だ。三十代だろうか。よく陽灼けしている。髪を長く伸ばしている。ぱっと見は、サーファーだ。その後ろ姿を奈津子はじっと見ている。

「知り合い？」と訊くと首を横に振った。

「でも、見覚えのあるような……」と奈津子。立ち去っていく彼の後ろ姿を見ている。

わたしも、ちょっと気になって、その後ろ姿を見ていた……。

その人の存在で、うちの〈ツボ屋〉にあらたな危機が訪れるとは、さすがに想像もしていなかった……。

3　ポニー・テールは、少し切なくて

午後3時半。愛が、さっき助監督からもらった封筒を開けると、3万円が入っていた。

「よかったね」わたしは愛に言った。

2日前、助監督から出演謝礼の件でわたしに問い合わせがあったのだ。

〈こういう場合、出演してくれた子には、たとえば図書券とかをあげる事もあるんだけど……〉と助監督。

〈あ、愛は現金の方が喜ぶと思います〉わたしは、きっぱりと答えた。

そして、愛は出演料を現金でもらえた。

「1日で3万円は、なかなか稼げないよ。カメラの前を歩いただけで……」とわたし。

「そっだね……」と愛。無邪気な笑顔。そして、

「これって、年末に確定申告する必要があるのかなあ……」と言った。相変わらず、中一らしからぬ背伸びした言葉に、わたしは苦笑い。

愛は、その3万円を金庫のビスケット缶に入れた。

そして、部屋にある大きな鏡で自分の髪型を見ている。

いまいるのは、店の二階。わたしの母さんが使っていた部屋だ。けれど、母さんは、今年の3月に突然行方をくらましてしまった。

しかも、愛のお父さんは、横浜にある会社に泊まりきり。葉山の自宅にはめったに帰ってこないという。

そこで、愛はほとんどうちに泊まっている。母さんが使っていたこの部屋で寝泊まりをしている。

いま、愛の髪は撮影したときのまま。ポニー・テール。前髪は、眉のところできれいに切り揃えられている。

「プロの人に髪を切ってもらったの、生まれて初めてだ……」愛が、ポツリとつぶやいた。

「初めて?」訊くと、小さくうなずいた。

小学五年まで、お母さんが髪を切ってくれていたという。

けれど、翌年、愛のお母さんは悪性リンパ腫を発症し、いまも横須賀の病院に入院している。

おまけに、お父さんがやっている会社はうまくいかなくなってしまった。

なので、お母さんが入院してからいままでの2年ぐらい、愛には美容院に行く経済的な余裕などなかったらしい。

愛は口をかすかに開き、鏡に映った自分のポニー・テールをじっと見ている。無邪気で、ちょっと嬉しそうな表情……。

その無邪気さが、わたしには、少し切なかった。けれど、笑顔を作る。

「その髪型、似合ってるよ」と言い、後ろから愛の肩に手を置いた。

開け放しの窓。夏の終わりを感じさせる、少しひんやりした海風が窓から入り、サラサラした愛のポニー・テールを揺らせていた。


「あ……」わたしは動かしていたお箸を止めた。

夜の7時。店のカウンターで、愛とアジフライの晩ご飯を食べているところだった。

スマートフォンに、着信。

あの慎からのラインだ。シンガポールからだろうか……。

〈愛ちゃんが映画に出たんだってね。さっき監督から知らせがきたよ〉と慎。

〈そうなの。ほんの5秒ぐらいの場面だけど……〉とわたしは返信。

〈そうらしいね。でも……5秒も50分も関係ないよ。映画って、出演した全員がそれぞれの場面で、ある意味主役なんだと思うし……〉と慎。

〈そうか……〉わたしはうなずきながら返信。

〈そう。だから、愛ちゃんにはお疲れ様と言っといて。《これで共演者だね》と伝えといて〉と慎。

わたしが、やりとりしてるラインを愛がわきから首をのばして覗いている。

〈で、慎ちゃん、まだシンガポール？〉わたしは訊いた。

慎のお父さんは、旧大蔵省のキャリア官僚。そして、もうすぐ行われる衆議院選に出馬する事になった。

《人気俳優の父親が選挙に出馬！》そんなニュースがテレビやネットで流れはじめ、慎の身辺はひどく騒がしくなってしまった。マスコミが執拗に慎を追いかけ回しはじめた。

それに嫌気がさした慎は、日本を脱出。とりあえず、シンガポールに滞在していた。

〈実は、3日前からタイに来てるんだ〉と慎。

〈タイ……〉

〈ああ、首都バンコクの街はずれにある小さなホテルに泊まってるよ。シンガポール

も良かったけど、タイはもっと面白そうだ。かなり蒸し暑いけどね〉

〈そう……。体調には気をつけてね〉

〈ありがとう。店はどう？〉

〈おかげさまで、相変わらず慎ちゃんのファンが来てる〉

〈よかった……。おれみたいな者でも、少しは役に立ったわけだ……。じゃ、またラインするよ〉

　そこで、やりとりは終わった。


　わたしは、スマートフォンの画面をじっと見つめていた。

〈映画って、出演した全員がそれぞれの場面で、ある意味主役なんだと思うし……〉

　そんな慎の言葉を見つめていた。いい言葉だ……。

　そして、〈お疲れ様と言っといて。これで共演者だね〉という愛への心遣い……。

〈慎ちゃん、なんか少し大きくなったね……〉と、わたしは胸の中でつぶやいていた。

　いかにも都会育ちの傷つきやすい青年。

翳りとナイーブさが漂っているけど、同時にひ弱さも感じさせる……。

　そんな慎が、東南アジアを一人旅するうちに、ひと回り成長したのだろうか。

　いや、たぶん、成長したのだろう……。わたしは、胸の中でそうつぶやいた。

そのときだった。

「共演者か……」と愛がつぶやいた。ラインのその部分を読んだらしい。

愛はぽーとしている。片手にお箸を持ったまま……。口が少し開いている。その唇の端には、ご飯粒がひと粒ついている。そして、

「あのさ……わたしの名前も、映画の最後に出るのかなあ……」と愛。わたしは苦笑い。

「どうかな……」と言いながら、愛の唇についているご飯粒をつまんでやる……。

店のミニ・コンポからは、E（エルトン）・ジョンの〈Your Song（ユア・ソング）〉が低く流れている。

潮風が、学校の屋上を渡っていく……。

葉山第二中学。かつて、わたしが通っていた。そして、いまは愛が通っている中学だ。

「ここにいたのか」という声にふり返る。逗葉（ずよう）信用金庫の葛城（かつらぎ）が歩いてくる。

Yシャツにノーネクタイ。四十代なのに、髪はかなり薄くなっている。

信用金庫勤めというより、この中学で教えていた方がお似合いかもしれない。

真面目（まじめ）な数学の教師、そんな感じのキャラクターだ。

た。

「お疲れ様。今日も完売だな」と葛城。売り上げ金の入った封筒をわたしに差し出した。

わたしたちは、この9月から、うちの店で作ったお弁当を、この中学で売っている。

それは、いま愛の担任をしている武田に依頼されたのだ。

一人親の家庭や、経済的に貧しい家庭がふえた。なので、昼食が貧弱な生徒がふえている。

そのせいで、生徒の体力や体格に問題が出てきている。

それをなんとかしたい。

武田にそう頼まれたわたしは、うちで作った魚がメインのお弁当を、週に2回、学校で売りはじめた。

奈津子にも手伝ってもらい、栄養に気を遣ったシーフードの弁当を三〇個、昼休みに販売しはじめたのだ。

儲けは出ない。けど〈経済的に貧しい家庭がふえた。なので、昼食が貧弱な生徒がふえていて〉という武田の言葉が心に刺さったのだ……。

今日はお店が定休日の木曜なので、わたし自身が学校に来てお弁当の販売をした。

うちの店にお金を貸している逗葉信用金庫の葛城も、それを手伝ってくれている。

そして、今日のお弁当販売もなんとか終わった。

わたしは、屋上の金網に手を置き、屋根の向こうの水平線を眺めていた。

「ところで、その後、お母さんから何か連絡は？」と葛城が訊いてきた。わたしは、首を横に振った。

「そうか……」と葛城。わたしと並んで、つぶやいた。もう昼休みは終わり、5時限目がはじまっている。見下ろす校庭では、武田が体育の授業をやっている。男子生徒たちにハードルをやらせていた。

「ちょっと話があってね」と葛城。

「いまここで？」とわたし。

「いや、ここじゃ落ち着かないなあ……。店に戻って話そう」

「お帰り、カピバラ」奈津子が、店のキッチンでフライパンを洗いながら言った。わたしは苦笑い。

「おかげさんで、今日も弁当は完売だよ」と言った。奈津子はうなずく。

「新鮮なマヒマヒのバター焼きが、不味いはずはないからね」

と言った。今日、お弁当のおかずは、新鮮なマヒマヒをバター焼きにしたもの。それに自家製のタルタルソース。

そして、トマトとキュウリのサラダ。朝の10時から、奈津子が手伝ってくれて作ったものだ。

葛城も「お疲れ様」と奈津子に言った。自分もYシャツの上にエプロンをかけて、洗い物の手伝いをはじめた。


その1時間後。愛も学校から帰ってきたところで、

「実は、あまり良くない話なんだが……」葛城がコーヒーに口をつけて切り出した。

わたしは、調理器具の片付けをしながら葛城を見た。

愛と同じで、わたしもどちらかと言えば気が小さい方だ。少し身がまえて葛城の言葉を待った。


「この家を売る？」

わたしは、訊き返していた。葛城は、うなずく。

「ああ……。そういう話が持ち上がっていてね」と言った。そして、「融資したお金を回収するために」とつけ加えた。

うちの母さんは、店の運転資金として325万円も逗葉信金から借りていた。その借金をそのままにして、行方をくらましてしまったのだ。

そして、母さんにそのお金を融資した担当者は、この葛城だ。

「でも、この家や土地って、売れないんじゃ？」わたしは言った。

母さんが借金をしたまま行方をくらまして……葛城の信用金庫としては、融資したお金を回収するためこの家を競売にかけて売ろうとした。

けれど、大きな問題が……。

家の前の道がかなり狭い。測量してみると、建築基準法で決められた道幅を満たしていなかった。

そうなると、古い家を壊し、更地にし、新しい家を建てる事が法律的に出来ないという。

つまり、ここは売るに売れない物件という事らしい……。そんな物件を担保、つまり借金のカタにお金を融資したのは葛城のミスだ……。

愛に言わせるといまや〈崖っぷちオジサン〉……。

そこで、仕方なく葛城が提案した。

わたしが、お母さんに代わってこの店を経営し、少しずつでもいいから、３２５万の借金を返してくれないか。私も、できる限りの協力をするからと……。

ボケナスのわたしにも、それしか方法がないのはわかった。

そして、春から9月までの半年間、葛城も協力してくれて、なんとか店の経営をやってきた。３２５万円のうちの5万円だけは、少し前に返済した。

それが焼け石に水なのは、わかっているけれど……。

「ところが」と葛城。「ふいに、この家を買いたいという人が現れてね……。この湘南で店をやってる人なんだが」と言った。

「建てかえできない、こんなひどい物件を買う？　そんな物好きがいるのか？」と奈津子が言った。そのときだった。

「あっ……」と愛がつぶやいた。「それって、もしかして……」

4　オジサン、化けの皮が、はがれちゃうよ

「もしかしてって、何?」わたしは愛に訊いた。

「あっ……建築基準法に、抜け穴があるらしくて……」と愛。

「抜け穴?　それって?」

「前の道幅が狭くて、家を新築できないとしても、改築ならできるみたいだよ」

「改築?」と奈津子が愛に訊いた。愛は、またうなずいて、

「家の一部は残して、リフォームっていうか、改築するのなら、前の道幅が狭くてもできるらしいよ……」と言った。

「はあ……」とわたしは間抜けな声を出した。「でも、あんた、なんでそんな事を知ってるの?」と愛に訊いた。

「……あのトモちゃんのお父さんが工務店をやってて、ときどき、そういう仕事をす

るんだって」と愛。

「トモちゃんのお父さんか……」

「そう、葉山の海沿いにあるそんな家の改築をやる事があるらしいんだ」と愛。

「で、トモちゃんが、このボロっちい家もリフォームするなら、お父さんに頼んであげるよって言ってくれててさ」と言った。

「なるほど……」

　わたしは、うなずいた。ここ葉山という土地は、その昔、漁師町だった。

なので、海の近くには細い路地がやたら多い。その頃は、こんな細い道沿いに多くの漁師さんたちが住んでたんだろう。

　いまのこの家だって、漁師だったお爺ちゃんが建てたものだ。すると、

「そうなんだよ」と葛城が口を開いた。

「確かに、この家に接している道は幅が狭い」と葛城。

「建築基準法の条件を満たしていないから、この家を壊し、更地にし、新しい家を建てる事はできない」

　と言った。わたしも奈津子もうなずいた。

「ところが、古い家の一部を残して改築する事は法的にもできるんだ」と葛城が言った。

「で……この家を買いたいって言ってる人は、そうやって改築するつもりで？」とわたし。

「ああ……。この家の一部を残して、別の店に作り変えたいという話だ」

「別の店？」わたしが訊くと、葛城はうなずいた。

「なんでも、ウインド・サーフィンのショップにしたいって話だ」

わたしと奈津子は、顔を見合わせていた。

ウインド・サーフィンのショップと聞いて、すぐにピンときたのだ。

ウインド・サーフィンの装備は、かさばる。まずボードは普通のサーフボードよりかなり大きい。そして、帆(セイル)も相当に大きく扱いづらい。

ウインド・サーフィンでは、そんな装備を用意して、砂浜から海に出て行く必要がある。

そこで、多くのサーファーが砂浜のそばにあるショップにボードやセイルを預けておく。そうすれば、かなり楽に海に出られるから……。

なので、湘南の海沿いには、ウインド・サーフィンのショップがたくさんある。みな、はやっているようだ。

うちの母さんも、ウインド・サーフィンをやっていた。それは、家から森戸の砂浜まで歩いて20秒だから出来たといえる。

　そんなうちのロケーションが、ウインド・サーフィンのショップに向いているのは、当然と言えるかも……。

「そっか……」わたしは、つぶやいた。逗子から鎌倉の海岸にかけて、ウインド・サーフィンのショップは数多くある。けれど、ここ葉山では、まだあまり見かけない。そこで、うちに目をつけたのか……。

「で……うちの家に目をつけてる人って?」わたしは訊いた。

「確か、熊井っていう人だとか……」と葛城。

　そのときだった。奈津子が、

「ん、そうか……」とつぶやいた。

「やっぱり、彼だ……」と奈津子。

「彼?」わたしは訊き返した。

「ほら、愛が店の前を歩く撮影をやったとき、見物人の中に背の高い男の人がいてさ」と奈津子。

　わたしも思い出した。背が高く、長髪。陽灼けをしていた。いかにもサーファーっぽい人だった。そう若くはない。三十代の後半、あるいは40歳というところか……。

「彼が、そのミスター熊井だよ」と奈津子。

「わたしがボードやセイルを預けてるショップのすぐ近くに〈High Wind（ハイ・ウインド）〉って別のショップがあって、そこのオーナーが彼なんだ」

と言った。プロ・サーファーの卵である彼女が、逗子海岸のショップにボードやセイルを預けているのは、わたしも知っていた。

「それ、本当？」と訊いた。

「間違いない。以前に、一度だけ紹介された事があったし……」

わたしは、うなずいた。

「……で、その熊井って、どんな人？」と訊いた。

「うーん、噂だと、元はジモピーのウインド・サーファーで、いまはショップのオーナー。店は、確か、鎌倉の由比ヶ浜（ゆいがはま）と材木座（ざいもくざ）、あとは逗子海岸にあって、けっこう、はやってるみたい」と奈津子。

「へえ、ショップを三つもやってて……。経営が上手（うま）くいってるんだ……」わたしはつぶやいた。

「ウインド・サーフィン仲間たちの噂だと、けっこう商売上手らしいね」と奈津子はうなずいた。

「だから、ウインド・サーファーはかなりいるのにショップがない葉山に、店を開きたいってのもわかるな……」と言った。

そこで、みんなは葛城を見た。

「あれは、10日ほど前だった……」と葛城。ぽつりぽつりと口を開いた。

「うちの信用金庫の若手から話がきたんだ」

「信金の若手？」とわたし。

「ああ、逗子育ちでまだ二十代だな。以前からウインド・サーフィンをやってて……」と葛城。奈津子がうなずいた。

「その彼が、ミスター熊井と知り合いってわけか……」とつぶやいた。

「そうなんだ。熊井さんがやってる逗子のショップに、ボードなどを預けててね……。それで、何かのときに話が出たらしいんだ」

「うちが逗葉信金から借金をしてるって話？」とわたし。

「そう、この家の抵当権がうちの信金にあるって事も……」と葛城。わたしたちは、うなずいた。話がほとんど見えてきた。

「そこで、ミスター熊井がこの店を買いたいと……」と奈津子。

「まあ……そういう事だね」

「で、その話は本決まりに?」わたしは恐る恐る訊いた。

「3日前の会議では、それに関していろいろ話したよ」と葛城。

「いろいろ?」

「ああ。この家が売るに売れないのは困ったものだ。だから、信金としては熊井さんからの提案はありがたい。けど……」

「けど?」と愛も身を乗り出した。

「熊井さんとうちの信金は、これまでつき合いがなかった。それに比べ、うちとこの店とのつき合いは、海果君のお爺さんの代からだ」と葛城。

「それを考えると、そう簡単に店を熊井さんに売り払っていいのかという意見が出てね……」と言った。

そこで、愛がうなずき、

「わかった、地元で信金が悪者になるのが怖いんだ。確か〈地元密着の信金〉とか宣伝してるもんね。その化けの皮がはがれると困るんだ……」と言った。

「愛ちゃん……」と葛城は半ば絶句。「そう、はっきり言わなくても……」その顔が引き攣っている。

「でも、そういう事なんでしょ?」と愛は口をとがらせた。

「ま、まあ……突きつめれば、そういう事なんだけどね……」と言った。

「やっぱり……」と愛は腕組み……。

「……それで？」と奈津子。

「それで……会議での結論は、こういう事になったんだ。この店に融資した残金320万円は、絶対に回収する必要がある。なので、返済計画を立てるしかないと……」

「返済計画？」とわたし。

「ああ……。この店の経営も、少しずつ持ち直してきたようだから、できれば毎月15万円を返済してもらいたいという計画で……」

「じゅ……15万円……」わたしはつぶやいた。

「ああ、毎月15万円の返済をしてもらえれば、21カ月ぐらいで融資した残金が回収できる。それなら、うちの支店としても面目（めんもく）が立つ。まあ……そんな事なんだ」と葛城。

「で……もしそれがダメだったら？」とわたし。

「……その場合は……」葛城が言葉につまった。

「崖（がけ）っぷちオジサン、とうとう解雇……」と愛がつぶやいた。

「あ、あの……」と葛城。「そんな縁起（えんぎ）でもない事は言わずに、この返済計画はどうだろう」と言った。ハゲかけた広い額に、アブラ汗が光っている。

どうだろう、と急に言われても……。わたしと愛は、顔を見合わせた。

「うーん……」と愛。

「あんた、お腹でも痛いの？」と、わたしは訊いた。

「違うよ、計算してるんだ。毎月15万円を返済するための計算……」と愛。

夜の10時過ぎ。二階にあるわたしの部屋。小さなテーブルで、愛はノートを広げていた。

ノートのわきには、電卓。右手には、ボールペン。

「んと……食材の仕入れがこれで、光熱費がこれだと……」とつぶやきながら、ノートに何か数字を書き込んでいる。真剣な横顔……。やがて、

「経理部長、そんなに頑張らないで、そろそろ寝たら？」とわたしは言った。

そして、ふと気づくと愛はすでに居眠りをはじめていた。ノートの上に頰をくっつけて、口は半開き。かすかな寝息が聞こえた。

わたしは、そっと愛の体を抱き上げた。そして、隣りの部屋に……。そうしながら、

〈軽いなぁ……〉と胸の中でつぶやいていた。

中一、13歳になったばかり。それにしても、愛の体は華奢だった。わたしと知り合ってから半年近く。その間に、体重は2キロほどふえた。

けれど、13歳女子の平均よりかなり少ないだろう……。

2年くらい前、お母さんが悪性リンパ腫という難病で入院。それ以来、育ちざかり

なのに、どれほど貧しい生活を送ってきたのか……。

わたしは、隣りの部屋のベッドに愛を寝かせた。だぶっとしたTシャツがはだけ、おへそが出ている。そして、あどけなさの残る寝顔……。

少し開いている窓から、波音が聞こえてくる。穏やかでリズミカルな、森戸海岸の波音だ。

やがて、愛が何か寝言をつぶやいた。どうやら、

「……光熱費……」とつぶやいた。わたしは、ちょっと苦笑い。愛がお腹を冷やさないように、はだけているTシャツをずらして、おへそを隠してあげた。

相変わらず、森戸海岸からの波音が、スロー・バラードのように聞こえている……。


「ウミカ、それダメだよ」と愛が言った。店の棚からトマト缶を取ろうとしていたわたしの手が、思わず止まった。

5　不ぞろいのトマトたち

木曜日。午後3時過ぎ。

学校から帰ってきた愛とわたしは、店の仕入れにきていた。

まず、食料品店。いまのうちのメニューだと、一番人気なのが新鮮なイカやタコを使ったパスタだ。それにはトマトが欠かせない。

そこで、わたしはトマトを湯むきした缶詰を買おうとした。そのとき、愛が〈待った〉をかけたのだ。

「ウミカ、トマトは店で湯むきするって事にしたじゃん」と愛。

「あ……そうだった……」と、わたし。

湯むきしたトマト缶を使えば簡単だけど、一缶が100円ぐらいになる。けれど、なじみの角田（つのだ）青果店でトマトを買って、自分たちで湯むきすれば、半分の50円以下でできそうだ……。

「経費の節減、その第一歩だよ」と愛。

経理部長の愛によると、経費の節減は、まず食材の仕入れ。

これまで通り、毎日、夜明けに魚市場に行く。

水揚げのときにヒレがとれたり、ウロコがはがれたりして、捨てられそうになっている魚を拾い集める。

あと、ヤリイカなどは身が柔らかく、脚が千切れやすい。

そんな脚が千切れたヤリイカは、出荷されず、市場の隅に放置されている。わたしたちがそれを拾っていても、文句を言う人はいない。

そんなふうにして、魚介類は、できるだけタダで仕入れる。

魚市場で拾えないマヒマヒなどは、一郎の船で釣らせてもらう……。

「店をなんとかやりくりするには、それしかないよ」と愛。

「はいはい、部長」とわたし。

「あら、海果ちゃん、愛ちゃん」

と角田青果店のおばさん。店先で笑顔を見せた。葉山一色にある、こぢんまりとした店だ。

「今日もトマトとキュウリ?」とおばさん。わたしは、うなずいた。店先を眺める。

トマトは、五個ずつプラスチックのお皿に載って売られている。ただし、それは傷ひとつないきれいな形のトマトだ。しかも、大きさがそろっている。

その隣り。段ボール箱に、かなりの数のトマトが入っている。それは、表面に虫食いがあったり、形がいびつなものだ。

「低農薬で近くの農家さんが作ってるものなんだけどね……」とおばさん。その表情が曇った。

その農家は、ほとんど農薬を使わず野菜を作っているらしい。その方が、体にいいに決まっているけど、

「でも……農薬を使わないから、こうやって虫食いになっちゃって……」おばさんは、ため息をついた。

いまも、洒落た半袖のニットを着た中年女性が、お皿に載せてあるきれいなトマトを選んでいる。そばにある虫食いトマトには見向きもしないで、きれいなトマトだけを買っていった。

おばさんは、そのお客が立ち去ると、またため息をついた。かたわらの段ボールにあるトマトを眺め、

「結局、これは売れ残ってしまうんだよねぇ……」とつぶやいた。

このトマトは、ほとんど売れ残って捨てられるという。〈それなら、いくらでもいいから使ってくれたら〉とおばさんが言ってくれたのは、1カ月ほど前。

そして、トマト一個を20円で売ってくれる事になった。もちろん、ひどく安い。

でも、トマトを切ってサラダにするなら、不ぞろいでいびつな形も、表面の虫食いも関係ない。

そして、そのおかげで、中学で売っている弁当も、280円という安さにできたのだ。

「じゃ、いつも通り二〇個ね」とわたし。

「あ、ウミカ……」と愛が、わたしのTシャツを引っ張った。

「二〇個じゃ足りないよ」と愛。「ほら、湯むきするんだから」と言った。

「あ、そっか……」わたしはつぶやいた。

トマト二〇個は、そのまま中学で売る弁当のサラダになってしまう。けど、湯むきしてパスタに使うとすると、その分が必要になる。かなりな数が……。

「じゃ、あと三〇個ちょうだい」わたしはおばさんに言った。

おばさんは、ちょっと驚いた顔。

「本当に？」と訊いた。わたしは、うなずいた。

計五〇個を買うと、いびつな形のトマトや、虫食いのトマトは、店先の段ボール箱からほとんどなくなる。

「あと、キュウリを二〇本お願い」わたしはおばさんに言った。ここにあるキュウリも、不ぞろい。スーパーにあるまっすぐなやつじゃなく、かなり曲がっている。

でも、これが本来のキュウリだ……。もちろん、切ってサラダにするならなんの問題もない。

おばさんは、トマトやキュウリをビニール袋に入れはじめた。

そのときだった。一台の軽トラが、店の前に止まった。荷台には、野菜が載っている。

40歳ぐらいの男の人と、息子らしい男の子が軽トラからおりてきた。

「よかった、佐野さん。あんたのところのトマトが売り切れたところさ」

おばさんが、男の人に言った。すごく陽灼けしたその人は、

「へえ……」とつぶやく。どうやら、彼が低農薬で野菜を作っている人らしい。佐野という人は、わたしを見た。

「このところ、うちのトマトやキュウリを買ってくれてるって、君だったんだ……」

と言った。

「まあ……」とわたしは、うなずく。そのときだった。彼の息子らしい男の子が、愛を見て、

「本田……」とつぶやいた。


一瞬の空白……。

〈本田〉は愛の苗字だ……。わたしは、愛とその男の子を見た。

男の子は、明らかに中学生。穿いている膝丈のジャージは、愛と同じ中学のものだった。

「なんだ、コウヘイ、知り合いなのか……」とお父さん。コウヘイと呼ばれた男の子は、うなずいた。

「同じクラス……」とつぶやいた。愛も、小さくうなずいた。

「へえ、そうなんだ……」と青果店のおばさん。

愛とそのコウヘイは、無言でいる。同じクラスの、しかも異性とばったり会ったので、なんとなく照れているようだ。そんな年頃なのかも……。

コウヘイの第一印象は、とにかく深く陽灼けしている事だ。どうやら、お父さんの野菜作りをかなり手伝っているようだ。

痩せ型で、身長は愛より5センチほど高い。

お父さんは、軽トラの荷台からいろいろな野菜をおろして、青果店に運び込む。コウヘイも手伝いはじめた。

「うひゃ！　気持ちいい！」と愛が叫んだ。

走る軽トラの荷台から、身を乗り出した。柔らかいその髪が、パタパタと揺れている。

20分後。わたしと愛は、軽トラの荷台に乗っていた。

今日持ち帰る野菜は、かなりの量になった。それでも、愛と二人、なんとか両手に下げて持っていこうとした。そのとき、

「なんなら、うちの軽トラに乗せていくけど」とコウヘイのお父さんが言ってくれたのだ。

そして、わたしと愛は、軽トラの荷台に乗せてもらった。

荷台に人が乗るのは、本当は違反なんだろう。けど、葉山町内のことだ。かまうものか。

野菜とわたしたちを荷台に乗せて、軽トラは走りだした。

「これって、オープンカーだね！」と愛が無邪気な声を上げる……。柔らかい髪が、風にはためいている……。

それも数分で、うちの店に着いた。

「どうも、ありがとうございました」わたしは、コウヘイのお父さんに言った。

「なんの、なんの」とお父さん。

わたしと愛は、荷台からおろしたトマトなどを、店の中に運びはじめた。

軽トラからおりたコウヘイもお父さんも、うちの店を眺めている。やがて、野菜は運び終わった。

「じゃ、野菜の注文は、直接連絡をくれるかな」とお父さんは言った。

角田青果店のおばさんが、〈あんたたち、これからは佐野さんのところから、直接トマトやキュウリを買えばいいよ。うちの店に並べても、どうせ売れないんだから〉と言ってくれたのだ。

それは、ありがたい提案だった。

「じゃ、そういう事でね」とお父さん。コウヘイは無言でいる。おとなしい子なのだろうか……。

彼とお父さんは、また軽トラに乗り込む。店の前の細い道を、ゆっくりと走り去っていった……。

「毎月15万の返済か……」と一郎。船の舵を握ったまま、

「それは、やばいな」と言った。

葉山沖の2海里。江の島が近くに見える。

わたしたちは、一郎が操船する小型の漁船で、トローリングをしていた。ルアーを30メートルほど後ろに曳き、人がジョギングするほどの速度で海面を進んでいた。まばゆい陽射しが海面にはじけている。わたしの髪が、海風に揺れている……。

海風は、真夏に比べると少し涼しくなっていた。

けれど、船の水温計はまだ27度以上をさしていた。

水温の変化は、気温の変化より1カ月ほど遅れる。なので、9月末のいまでも、水温はまだ夏だ。マヒマヒなど、南洋性の魚がいる水温だ……。

一郎は、油断なく周囲を見渡しながら船を進めていた。そして、

「で、毎月15万って、大丈夫なのか？」とわたしに訊いた。

「どうだろ……」とわたしは、つぶやいた。「なんせ、わたしがカピバラだから……」

「カピバラ？」と一郎。どうやら、初耳らしい。

仕方なく、わたしは説明する。親友で悪友の奈津子から、言われている。〈あんた、カピバラみたいにボサッとしてる〉と……。

一郎は、笑い声を上げ、

「確かに……」とつぶやいた。わたしは、何か言おうとした。

そのときだった。

リールが、ジーッと鳴った！

6　それは、太陽の味がする

一郎の右手が、もう動いていた。操船席のアクセル・レバーをすっと下げる。落ち着いた表情で、船尾のむこうの海面をふり向いた。

リールは、まだジーッと鳴って釣り糸(ライン)を吐き出している。50メートルほど後ろで、マヒマヒが海面を割って跳んだ。ブルーと淡いイエローの魚体……。

〈食材、ヒット！〉わたしは、胸の中で叫んだ。

「80センチかな」と後ろをふり向いたまま、一郎がつぶやいた。

わたしの心拍は、少し早くなっていた。魚がヒットしたからではない。その大きさの魚がヒットしても、あくまで冷静で落ち着いている、一郎のそんな姿が眩(まぶ)しかったのだ。

　やがて、ラインが出ていくスピードが落ち……ストップ。

〈逃がさないわ……〉わたしはつぶやき、全力でリールを巻きはじめた。額に流れる汗にもかまわず……。


　かなり大きいマヒマヒは船べりまで寄ってきた。一郎は、落ち着いた動作でマヒマヒをネットですくい上げた。10センチのアジを扱うように……。そして、大型のクーラーボックスに放り込んだ。何事もなかったように……。


「まずまずだな」と一郎。クーラーの蓋を開けてつぶやいた。

　2時間後。船は、港の岸壁に舫われていた。

　クーラーボックスの中には、80センチほどのマヒマヒが五匹。これで、しばらくは大丈夫だ。店で出すマヒマヒ・バーガーも、中学で売るお弁当も、なんとかなるだろう。

　岸壁を歩いてきた魚市場のおじさんが、

「一郎、大漁だな」と言った。

　一郎の父親は、四代前からの漁師。しかも、いま定置網の網元、つまり責任者をやっているという。

そんな事もあり、漁港の人たちは一郎に一目置いているようだ。

わたしと一郎が、クーラーの中のマヒマヒを見ていると、

「おお、いいじゃないか」という声。顔を上げると、中学で愛のクラスを担任している武田が岸壁に立っていた。

「来月10日の試合？」と一郎が訊き返した。

「ああ、お前が監督をやってくれないか？」と武田が言った。

体育の教師である武田は、中学ではいろいろな部活の顧問をしている。そして、一郎に野球部のコーチを頼み、一郎も引き受けた。

いま、週に3回ほど中学にいき、野球部のコーチをしている。

「10月10日、おれはどうしても外せない用事があるんだよ。そこで、お前が監督をやってくれないか？」武田が一郎に言った。

10月10日は、スポーツの日で祝日。

その日、野球部は練習試合をやるらしい。対戦相手は、同じ神奈川の藤沢市にある中学だという。

「なんとか、ならんか」と武田。一郎は少し考え、

「まあ、なんとかするか……」とつぶやいた。


「あ……」と愛がつぶやいた。

夜の8時過ぎ。お店のキッチン。

わたしたちは、トマトの湯むきをやっていた。大きな鍋でトマトを茹でる。それを鍋から上げ、皮をむく。

さらにそれをボウルに入れ、潰していた。二人とも汗だくになりながら……。そのときだった。

「あ、なんか……」と愛がつぶやいたのだ。愛は、トマトを潰す手を止めて、

「なんか、これって、缶詰のトマトと匂いが違う……」と愛。わたしも、うなずいた。すでに気づいていた。確かに、いま湯むきしたトマトは、缶詰と香りが違う。

ごく簡単に言ってしまえば、香りが強いのだ。

わたしは、潰したトマトを、スプーンで口に入れてみた。そして、

「ん……」とつぶやいた。香りだけでなく、味も違う。トマトとしての味が濃く、甘い香りがする。

それは、太陽の下で作られた野菜が持つ本来の味と香りなのかもしれない。

ちょっと凝った表現をすれば、〈太陽の香りと味がする〉とでも言いたいような……。

そんな事を、考えているときだった。

「あちゃ！」という愛の声。潰していたトマトの汁がはねて、着ているTシャツを汚してしまったらしい。


「どう？　とれそう？」わたしは、後ろから愛に訊いた。

店の奥にある洗面所。愛は、脱いだTシャツをもみ洗いしていた。一生懸命に……。

そのTシャツは、一郎がプレゼントしてくれたものだ。ついこの前、愛の13歳の誕生日に贈ったものだ。

なので、愛は懸命にTシャツのシミをとろうとしていた。

もしかしたら、この子にとって、生まれて初めて、誕生日に人からプレゼントされた物かもしれなかった……。

「これ使えば」わたしは、洗面所にあるシミ抜き洗剤を愛に渡した。

そして、愛の後ろ姿をじっと見た……。

この子は、まだ胸の膨らみが殆どないから、ブラはしていない。そのかわりに、タンクトップのような下着を着ている。

いまは、Tシャツを脱いでその下着姿だ。そのタンクトップのほつれを、わたしはじっと見た……。

愛の着ている下着がひどくくたびれている……それに気づいたのは、この夏の事だ。

〈それはあんまりだよ、女の子なんだし〉とわたしは言い、一緒に横須賀のファッションビルまで下着を買いに行った。

お尻のあたりがひどく薄くなってしまっているショーツは、さすがに三枚買った。けれど、タンクトップ型の下着は、

「いいよ、まだ着れるし……」と愛は言いはった。どうやら、少しでもお金を節約したいらしい。

〈仕方ないな……〉わたしは、なんとなくうなずいたものだった。

その夜、10時過ぎ。わたしは、店の片隅で針と糸を使っていた。

愛のほつれた下着を、繕っていた。

愛は、もう二階で寝ている。わたしは、ゆっくりと、タンクトップ型の下着を繕っていた。予想以上にほつれていたので、慎重に縫っていた。

いくら節約といっても、中学生の女の子が、こんなにほつれた下着を着てるなんて……。そんな思いが胸をついた。目頭が熱くなり、視界がにじんだ……。

そのせいで、指を針先で刺してしまった。ぽつんとにじんだ血を、わたしは舌で舐

めた。

指先はチクリと痛んだけれど、心の痛みの方が強かった。

……わたしはまた無言で、針を動かし続ける。店のミニ・コンポからは、E(エリック)・クラプトンの〈Motherless Children(マザーレス・チルドレン)〉が流れている……。

「あ……」とカウンターを拭(ふ)いていた愛がつぶやいた。

午後3時過ぎ。店に入ってきたのは、愛と同じクラスのコウヘイだった。わたしを見ると、

「ども……」とだけ言った。やはり口数の少ない子らしい。

「あ、野菜の注文は明日(あした)あたりに……」わたしは口を開いた。コウヘイは、小さくうなずいた。

愛を見て、「ちょっと、いい？」と言った。愛に用事らしい。

その5分後。わたしは、何気なく店の出窓から外を見た。

愛とコウヘイは、店の前で何か話している……。お互い、うつむき加減で、ボソボソと話しているようだ。照れながらという感じで……。

そして、二人はスマートフォンを取り出した。ラインのアカウントでも、交換しているのか……。10分ほどで、話は終わったらしい。コウヘイは、とめてあった自転車にまたがり走り去った。

「コウヘイ君から、なんの話だったの？」とわたし。「もしかして、告白されたとか？」と愛に言った。

「そんなの、あり得ないよ。だいいち、同じクラスでも口きいたの初めてだし」と愛。しばらく無言でいる……。やがて、

「頼み事をされた……」とつぶやいた。

「頼み事？」

「うん……。家が農家だって事をクラスのみんなに言わないで欲しいって……」

「……農家だって事を……」わたしは、つぶやいた。すると、愛は奥から何か持ってきた。中学の生徒名簿らしい。ページをめくっていく……。

「これだ」と愛。わたしも覗き込んだ。

〈1年C組　佐野耕平〉……。コウヘイは、〈耕平〉と書くのだとわかった。

住所は、葉山町下山口。わたしは、その住所を見て地図を思い浮かべる……。海岸線より山側に入ったところだ。

葉山も、そのあたりにいくと畑やビニールハウスなどが点在している。

そして、耕平の家業は〈自営業〉となっていた。農家も確かに自営業ではある。

「そっか……。農業って書きたくなかったんだ……」わたしはつぶやいた。愛もうなずいた。

「家が農家だからって、いじめられたりはしないだろうけど、ちょっとからかわれる可能性はあるかも……」と言った。

わたしは、うなずいた。あの中学で、悪質ないじめなどはないらしい。でも、からかわれたりはするかも……。わたしがあの中学に通っていた頃も、そうだった。

何をしてもトロいわたしが、〈カピバラ〉と呼ばれてからかわれていたように……。

「で、あんたに黙っていてくれって口止め？」

「まあ……」

「で、あんたは、オーケーしたの？」

愛は、うなずいた。「わざわざ言う理由もないし」と言った。そして、

「かわりに、値引き交渉をした。食材の仕入れを1円でも節約するために……」と言った。

「値引き交渉？」わたしは、口を半開き……。

「湯むきする分も入れると、毎月三〇〇個以上のトマトをコウヘイのところから買う事になりそうだから……」と愛。

「だから、トマト一個を、20円から15円にしてくれないかって交渉したんだ。どっちみち、コウヘイのところで作るトマト、ほとんど売れないらしいから……」

と愛は言った。わたしは、口を半開きにしたまま……。

〈そこまでやらなくても〉と言おうとした。けれどその前に、

「わたし、やり過ぎたかなぁ……」愛がしょんぼりした口調で言った。

〈それは確かにやり過ぎだよ〉と言いかけて、何かがわたしをとどめた。

まず……角田青果店のおばさんに聞いた話だと、耕平のところのトマトは、どこの青果店でも売れずに、ほとんどが廃棄処分になるという。

そして、つぎに脳裏をよぎったのは、つい昨日、繕ってあげた愛の下着だった。

あのほつれたタンクトップを、それでも着続けている……。

この子は、この子なりに13歳の人生を闘っている……。

そんな思いが胸にせまったのだ。

やがて……わたしは愛の肩に手を置いた。少し苦笑し、

「……わかったわよ、経理部長」とつぶやいた。

半分開いている店のドアから、ゆるやかな海風が入り、カウンターの上の紙ナプキ

ンをゆるやかに揺らしている……。

「わたしたちが、野球部のマネージャーに？」

わたしは、思わず一郎に訊き返していた。

7　桃ちゃんは、天国で見ている

今日も、慎の女性ファンたちがお客としてやってきた。さりげなく、「最近、慎は来ません？」と訊いてきた。わたしは微笑して、首を横に振った。慎が東南アジアを旅している事は、さすがのマスコミもかぎつけていないようだ。もうすぐ、慎の父親が出馬する衆議院選がある。なので、慎の行方を必死で探しているようだけど……。

そんな慎の女性ファンたちが帰っていった頃、店に一郎がやってきた。

そして、わたしと愛に、

「10日の練習試合で、マネージャーやってくれないかな」と言った。

いま、中学野球部には、マネージャーがいないという。

「その日だけでもいいからやってくれないかな」一郎は、わたしと愛に言った。

「でも、マネージャーって大変なんじゃないの？」わたしは一郎に訊いた。一郎は、白い歯を見せ、首を横に振った。

「全然、ただベンチで応援してくれるだけでいいんだ」

「応援するだけ？」愛とわたしは顔を見合わせた。

「ああ。とにかく、ベンチに応援してくれる人がいると、選手たちの士気が上がるのさ。それが女子ならさらにいい」と一郎。わたしは、うなずいた。

なんとなく、わかる。いわゆる思春期にある中学生の男の子なのだから……。

「でも、わたしなんかで？」と愛。一郎は、苦笑い。

「お前、自分を過小評価してないか？」と言った。〈過小評価〉などというかなり難しい言葉も愛にはわかるようだ。

「そっかなあ……」と愛。首をひねっている。

「まあ、そのうちわかるさ」と一郎。愛の肩をぽんと叩いた。

「あれ、どうしたの？」わたしは葛城に訊いた。湯むきしたトマトを潰しながら……。

水曜日。夕方近い5時過ぎだ。逗葉信金の葛城が、店にやってきた。

「ホントだ、珍しい恰好」と愛が言った。

確かに、葛城は珍しくスーツを着てネクタイをしめていた……。

彼は、この数カ月、毎日のように、うちの店を手伝いにきてくれている。

うちの母さんに、325万円もの融資をしてしまった担当者は葛城だ。その融資金を回収できないと、立場があやうい。

いま現在、愛が言う〈崖っぷちオジサン〉……。

その葛城がうちに来るとき、たいてい上着はなし。ネクタイもしめていない。なのに、今日はスーツを着込んでネクタイをしめている。それを見た愛が、

「わかった、とうとうハローワークに行ってきたんだ」と言った。

「愛ちゃん……」葛城の顔が少し引き攣った。カウンターにかけた彼に、わたしはビールを出してあげた。それで一息ついた葛城は、

「実は、裁判所に行ってきてね」とつぶやいた。

「……不正融資で、いよいよ検挙？」と愛。葛城は、ビールを吹き出しそうになる。

「そうじゃなくて、家庭裁判所。離婚の協議でね……」と言った。

「離婚……」わたしは、つぶやいた。

「まあね……」と葛城。彼の妻が、とうとう協議離婚を申し出たという。

横浜国大という一流大学を出たエリートだと思っていた葛城が、信金の中で、いわ

ば落ちこぼれ。

「まあ、当てが大きく外れたって事かな」と葛城は苦笑い。

「で、協議離婚の争点は？」と愛。

「それは、ただ一つで、娘の養育権だよ」葛城は言った。彼の娘である里香はいま中学二年。愛と同じ葉山の中学に通っている。

「つまり、里香をどっちが育てるかって争い？」とわたし。葛城は、うなずいた。

「で、勝ち目は？」愛が訊いた。

「ほとんどないね」と葛城。「こういう場合、父親は基本的に不利だという。しかも、妻の方には腕のいい弁護士がついててね」

「弁護士？」とわたし。

「ああ、妻の実家はかなりの資産家でね。どんな腕のいい弁護士でも雇えるのさ」と葛城。「勝負にならないよ」また苦笑し、肩を落とした。

「パスタ、食べる？」とわたしは、葛城に訊いた。

いま、湯むきしたトマトを潰し終わったところだ。そろそろ、自分たちの晩ご飯も作ろうとしていた。一番安くつくシーフードのパスタを……。

「ああ、よければ食べさせてくれないか」と葛城。わたしは、うなずいた。

この葛城とは、不思議な出会いだった。

最初、彼は信金の人間として現れた。母さんが作った借金を取り立てるために……。けれど、それから半年近く。いろいろあったけれど、わたしは何か通じ合うものを感じはじめていた。

お互い辛い立場にいるという共通点なんだろうか。そこはまだはっきりとはわからないのだけど……。

しかも、裁判所に行った葛城は、さすがに疲れているようだ。わたしは、パスタの準備をはじめた。


「美味い……」と葛城。フォークを使いながらつぶやいた。シーフード・パスタを食べはじめたところだった。

「なんか、いままでのと味が違うような……」と葛城。わたしは、説明する。

これまでは、缶詰の湯むきトマトを使っていた。それを、いまは自分たちで作っている。生のトマトを、自分たちで湯むきしているのだと……。

「経理部長の提案でね」とわたしは苦笑い。当の愛は、口のまわりにべったりとトマトをつけ、一生懸命にパスタをほおばっている。

「自分たちで湯むき……」葛城がつぶやいた。

「お金をかけるかわりに、手間をかければ、美味しいものが作れる気がして」わたしは言った。

「金をかけるかわりに手間をかける、か……」葛城がつぶやいた。しばらく何か考えている。

「結婚して以来、妻が料理に手間をかけてる姿を見たことはないなあ……。フィットネスやエステにはえらく熱心だったが……」とつぶやき、ホロ苦く笑った。

すると、パスタを食べていた愛が、顔を上げた。

「ただ自分勝手なだけだよ」と斬り捨てた。葛城は、また微かに苦笑い。

「そうなのかもしれないね……」小声で言った。

夕方の陽が、出窓から入り、葛城の胸元にあるネクタイピンに光っている。いかにも安物だとわかるタイピンに……。店には、ビートルズの〈In My Life〉が低く流れている。

「これ、どう?」と愛。無邪気な表情でわたしを見た。

「え? それって……」わたしは、愛がかぶっている野球帽を見た。

10月10日。野球部の練習試合の日だ。

「あんた、その帽子、どこで？」わたしは訊いた。愛がかぶっているのは、横浜に本拠地を置くプロ球団のものだった。かつては、一郎がそこに所属していたチーム……。

「この帽子、押し入れにあったんだよ」と愛。

「あ、そっか、お爺ちゃんのだ……」わたしは、つぶやいた。お爺ちゃんは、横浜にあるその球団のファンだった。湘南の人の多くがそうであるように……。

　当時は漁師だったお爺ちゃんは、その野球帽をかぶって海に出たりもしていた。

　愛の頭には、その野球帽はかなり大きい。ただ、それが可愛く見えない事もない。

野球部の応援に行くんだし、まあいいか……。

「じゃ、行こう」わたしたちは、支度をして店を出た。中学に向かう……。

　マイクロバスが、校門のわきに駐まっていた。ユニフォームを着た野球部の男の子たちが乗り込みはじめていた。

　バスのそばにいた一郎が、ふり向いた。その視線が愛にとまった。そして、

「桃……」とつぶやいた。

〈桃……〉わたしは、胸の中で繰り返した。

　それは、一郎の妹の名前……。中学一年の秋に天国に旅立った妹の名前だ。桃の花

が咲く頃に生まれたので〈桃〉と名づけられた子……。

わたしは、武田や一郎本人から聞いた事を思い出していた。

一郎が、妹の桃を心の底から可愛がっていた事……。横浜の球団に入った一郎が、プロ野球の選手として出場するのを、桃ちゃんが何より楽しみにしていた事……。一郎が球団のグラウンドで練習していると、いつも野球帽をかぶった桃ちゃんが応援にきていた……。

けれど、一郎がプロ野球のピッチャーとして初めて登板するその前日に、桃ちゃんは交通事故で天国に……。

そんな桃ちゃんと、愛が、どことなく似ていると武田が言っていた。丸い顔や、黒目がちの大きな瞳が……。

そんな事を、わたしは思い出していた。


一郎は、「桃……」とつぶやいて、10秒ほど野球帽をかぶった愛を見つめていた……。

やがて、桃ちゃんと過ごした日々の追憶から我にかえったようだ。

「……おはよう」とわたしと愛に微笑し、

「よろしく、マネージャー」と言った。わたしたちは、選手の子たちと一緒にマイクロバスに乗り込んだ。

空が青く高い。秋の雲が、絵筆で描いたように一筋二筋……。

グラウンドに、キンッという打球音が響いていた。そして、選手たちのかけ声……。

藤沢市の高台にあるグラウンド。市営のグラウンドらしく、素朴なものだ。両チームのベンチなどはない。

そんなグラウンドで、両チームの選手たちが試合前の練習をしていた。

すると、相手の監督らしい男がこっちに歩いてくる。

50歳ぐらいだろうか。でっぷりと太っている。赤ら顔。白髪まじりの髪は短く刈っている。

着ているアディダスのジャージが窮屈そうだ。

「これはこれは」とその人。一郎やわたしたちの前に立った。そして、にやにやと笑い、

「元プロ野球の選手が、中学野球部の監督か……」と一郎に言った。

〈元プロ野球の選手〉その〈元〉を強調した言い方だった。明らかに嫌みな口調だった。

「まあ、母校なもんでね……」と一郎はクールに答えた。そばにいる愛は、すでにむかついた表情……。そのとき、相手チームの選手が小走りでやって来た。

「守備の練習は終わりました。打撃練習しますか?」と監督に訊いた。

「そんなの、自分たちで考えろ!」監督は鋭い口調で言った。その顔が赤らんでいる。

そのときだった。

「オジサン」と愛が口を開いた。

「オジサン?」とその監督。

「そう。そんなに興奮すると、BPMが上がっちゃうよ。へたすると、血管が切れちゃうかも」と愛が口をとがらせて言った。

8　僕の心臓のＢＰＭは……

「ＢＰＭ？」と監督。

「そう、ビート・パー・ミニッツ。１分間の心拍数。病院で注意されてるんじゃない？」と愛。

相手の監督は、一瞬言葉につまった表情。愛が言った〈病院で注意されてるんじゃない〉が、図星(ずぼし)だったのか……。

確かに、その監督は血圧や心拍数が高そうなやつだった。

そして、愛が口にした〈ＢＰＭ〉の出どころも、わたしにはわかっていた。

親友のトモちゃんはじめ、愛のクラスメイトたちがよく聴いているのが、あいみょんの曲らしい。愛も、しょっちゅうスマートフォンで聴いては口ずさんでいる。

そんなあいみょんのヒット曲〈君はロックを聴かない〉。その曲にあるフレーズ。

女の子に対する男の子のドキドキを、心拍数の急上昇で表現している。

〈僕の心臓のBPMは190になったぞ……〉と……。

愛が口にしたBPMの出どころは、そこだ。


「き、君は何なんだ……」と相手の監督。愛をにらみつけた。

「このチームのマネージャーよ」と愛。「わかった？　BPMオジサン」と言った。

BPMオジサン……。わたしも、思わず吹き出した。そのBPMオジサンは、むっとした表情でわたしを見た。何か言おうとした。そのとき、

「そろそろ試合開始です」と審判らしい人が来て言った。


「かっとばせ！」の合唱が、うちの選手たちから上がっていた。

藤沢南中と、うち葉山二中の試合は、6回裏まできていた。

わたしは、お爺ちゃんと一緒によくテレビで野球の中継を見たものだった。その経験からして、両チームの力は互角に見えた。

いま、4対3で、相手の藤沢南中が1点のリードだ。中学生の練習試合なので、7回で終わるらしい。

そして、6回裏のうちの攻撃。三塁に同点のランナーがいる。

背番号7の選手がバットを構えていた。

「三振にしろ！」と相手チームからの応援。

「かっとばせ！」とうちのチームからの声援。わたしも愛も、一緒に叫んでいた。

やがて、相手のピッチャーが投げた。

背番号7が、バットを振った。

キン！　鋭い音。打球は、セカンドの頭上をこえ外野に転がる。

三塁にいたランナーが、スタートを切った。片手を突き上げホームベースを踏んだ。

うちの選手たちから歓声が上がった！　同点に並んだ！


最後の7回表。相手の攻撃は、無得点で終わった。

そして、7回裏。うちのラストの攻撃。

相手は、三人目のピッチャーを投入してきた。そのピッチャーは、藤沢南中のエースらしい。

ほかの選手に比べ、やたら体が大きい。高校生なみの、がっしりした体格……。

態度もふてぶてしい。ガムをくちゃくちゃと嚙(か)んでいる。まるで、アメリカ大リーグの選手のように……。

そして、肩ならしの投球には確かにスピードがある。中学生とは思えないほど……。

やがて、うちの攻撃がはじまった。

けど、バッター二人は、あっさり三振してしまった……。

そして最後のバッターは、うちの四番打者。これまでも、二本のヒットを打っている。相手としては、これを抑えなければまずいだろう。

相手ピッチャーの、第一球。バッターの胸元ぎりぎりに投げた。

危ない！　わたしは、胸の中で叫んだ。

バッターは、のけぞってボールをよけた。よけなければ、肘に打球を受けていたかもしれない。

「危ねーだろー！」の叫び声が、うちのチームから上がった。わたしは、思い出した。マウンドに上がるそのピッチャーに、監督のＢＰＭが何か耳打ちしていた。あれは、こういう事だったのか……。


そして、第二球。

また、バッターの胸元に！　バッターはのけぞり、ボールをよけた。

そこで、腕組みしていた一郎が、腕組みをほどく。つかつかとホームベースの方に歩いていく。審判に何か話している。もちろんいまの投球に抗議しているらしい。

そのときだった。相手ピッチャーが、

「何をぶーたら文句言ってんだよ」と言った。

一郎はふり返り、そのピッチャーを見た。

「お前のコントロール、最低だな」と言った。するとピッチャーは、地面にツバを吐いた。

「何を偉そうに、元プロ野球選手かなんか知らないけど……」と言った。さらに、

「そんな偉そうなこと言うんなら、おれの球を打ってみろよ」と言った。

その場が、静まり返った……。一郎は、苦笑い。

「中学生なんか相手にする気はないね」と言った。すると、相手チームの選手たちから、

「自信がないんだろ！」というヤジが上がった。そこで、あのBPMオジサンがピッチャーの方に歩いていく。

「やめとけよ、相手はもう引退した選手なんだから」と言った。〈引退した〉をやたらに強調した口調……。そのとき、一郎の表情が変わった。一瞬目を細め、BPMに鋭い視線を送った。

うちのチームからも、「やっちゃえ！　イチロー！」の声が上がった。

やがて、一郎はふっと苦笑い。

「じゃ、余興(よきょう)をやるか」と言った。審判と話している。とりあえず、この練習試合は

引き分けで終える……。そんな事にしたらしい。

そして、バッターボックスにいる四番打者から、

「ちょい借りるぜ」とバットを受け取った。

スリムジーンズ、半袖のポロシャツという姿の一郎は、バットを手にピッチャーと向かい合う。

「まあ、投げてみな」と言った。

「何を偉そうに……」と相手のピッチャー。一塁側にいる相手チームの先頭で、BPMが腕組みをしている。やつは、

「手加減してもいいぞ」とピッチャーに声をかけた。

けれど、ピッチャーはきつい表情で一郎を見た。〈元〉がついても一郎はかつてプロ野球の選手だった。甘い球を投げれば打たれる。それは、わかっているようだ。

そして、振りかぶり、投げた。

外角低め。一郎は、すっとバットを振った。

キンッ。軽い音。ボールは、一塁側へのファウル。というより、相手チームの方に速いゴロで飛んでいく。

腕組みして立っているBPMの足元に！　BPMは、あわてて飛んできたボールを

よけ、転びかけた。一郎を、睨む。一郎は、首をひねった。

「久しぶりなんで、タイミングが合わんなあ……」と言った。


そして、二球目。これも外角。かなり低め。一郎は、また軽くバットを振った。

キンッ。軽い音。

これも一塁側へのファウル。ＢＰＭに向かって飛んでいく。

ＢＰＭは、両手で頭をかかえ、あわててしゃがみ込んだ。けれど、太っているので尻もちをついた。そのすぐ上をファウルボールが飛び過ぎた。

尻もちをついたＢＰＭに、うちのチームから大きな笑い声が上がる。ＢＰＭは、顔を真っ赤にして立ち上がる。

「わざとやったな！」と一郎に叫んだ。すると愛が、

「オジサン、そんなに興奮するとＢＰＭが上がって、血管ぶち切れちゃうよ！」と叫んだ。また、うちのチームから笑い声が上がった。

当の一郎は、ＢＰＭに向かって白い歯を見せ、

「なんせ、元プロ野球選手なんで、勘が戻らなくてね」と言った。


三球目。

バットを握った一郎と、一瞬、わたしの目が合った。

彼の目じりが、ほんの3ミリ、微笑んだ。

そして、ピッチャーがたぶん全力で速球を投げた。ストライク・ゾーン真ん中！

一郎の構えが、これまでと違った。鋭くバットを一閃。

キーン！　聞いた事もないような打球音。

ボールは、センターの上空に伸びていく。青空に突き刺さりそうな勢いで……。

センターの選手は、一歩も動けない。ただロケットのように頭上を飛び去っていくボールを見送っている。

外野のフェンス、そのはるか彼方の木立に、ボールは消えていった。BPMも相手チームの選手たちも、呆然としている。

3秒後、うちのチームから歓声が爆発した。

一郎は、何もなかったような顔。

「いいバットだな」と言い、四番打者にバットを返した。

葉山に戻るマイクロバス。車内では、歌声が響いていた。

愛がスマートフォンから流している〈君はロックを聴かない〉。それに合わせて、選手の男の子たちと愛が歌っている。バスが揺れるほどの声で……。

一郎は、微かに苦笑い。窓に肘をつき、流れる風景を眺めている。

その胸には、いまどんな思いがよぎっているのだろう……。わたしは、そんな事を考えながら、一郎の横顔を見つめていた……。


「あのデブ監督か」と武田。愉快そうに笑った。

その日の夕方、5時過ぎ。うちの店。武田も一郎もビールを飲みはじめていた。

武田が〈お疲れ様の一杯をおごるよ〉と一郎に言ったらしい。

「確かに、ＢＰＭも血圧も高そうなやつだよな」と武田。やつをコケにした愛の肩を叩き、

「よくやった、マネージャー」と言った。

「あのＢＰＭと会った事はあるの？」わたしは、武田に訊いた。

「まあね」と武田。

「どんな人？」とわたし。

「噂だと、その昔どこかの大学の野球部にいたらしい」と武田。「確か鎌倉の出身で、あの藤沢南中の野球部監督になって、もうかなりたつようだな」と言った。

愛がうなずいた。鎌倉市のすぐ隣りは藤沢市だ。

わたしたちがそんな話をしていても、一郎は無言。何かを考えているような表情で、

ミニ・コンポから流れているN（ノラ）・ジョーンズのジャズ・バラードを聴いている。出窓から差し込む夕方の陽が、ビールのグラスに揺れている……。

「試写会?」と愛が訊き返してきた。

月曜の午後3時。愛が学校から帰ってきたところだった。あの向井監督から電話がきたのは、ついさっきだ。葉山でロケをした映画が編集も終え、やっと完成したという。

なので、制作関係者に向けた試写会を、今週の木曜日にやるという。

「君や愛ちゃんにも来て欲しいんだ」と監督。

「でも……わたしたちなんか……」

「いや、君たちには撮影でいろいろ世話になったし、なんせ愛ちゃんは出演者だしね……」と監督は言った。

9　青山通りを、タヌキが二匹

「え？　ホント？」と愛。わたしは、お鍋を洗いながらうなずいた。「行くよね？」

「もちろん、行く行く。木曜は中間テストの試験休みだし」と愛。木曜は、お店の定休日でもある。

その木曜まで、愛はずっとそわそわしていた。


「ここって、青山通りだよね」と愛が訊いた。

木曜日。午後1時過ぎ。わたしたちは、試写会のために東京に来ていた。監督に聞いた道順で、いま地下鉄から地上に出たところだった。

試写会の会場は、青山通りにあるビルの五階だという。メモを見ながら歩きはじめようとすると、愛が〈ここ、青山通りだよね〉と訊いたのだ。

「そうみたいだけど……」わたしも青山に来るのは初めてなので、きょろきょろとあたりを見回す。まるで、山から町に出てきた二匹のタヌキだ。

すると、愛が、〈青山通り〉と描いてある洒落た看板を見つけた。

「やっぱ、ここでいいんだ」と言いスマートフォンを取り出した。

「撮ってくれる?」と言った。わたしは、うなずいた。洒落た通りに立った愛の姿を撮った。

「写真、学校の友達に見せるの?」と訊くと、首を横に振り、

「入院してるお母さんに、見せるんだ」と言った。わたしは、一瞬言葉に詰まった。

愛が、毎週のように病院にお見舞いに行っているのは知っていた。お母さんの病状は、一進一退だという。

「こういう写真を見せたら、少しでも安心してくれるかと思って……」と愛が画像を見ながらつぶやいた。わたしは、ちょっとしんみりして、

「そっか……」と言った。愛の肩を叩いて青山通りを歩きはじめた。

「ちょっと緊張するね」と愛。

わたしたちは、五階にある試写室の前にいた。あたりにいるのは、みな映画の制作関係者たちらしい。見覚えのある撮影スタッフの人もいた。

助監督が案内してくれて、わたしたちは試写室に入った。学校の教室より少し広い試写室にスクリーン。やがて、暗くなり試写がはじまった。

意外だった。もっと軽いタッチのラブ・ストーリーだと思っていた、そんな予想は、はずれた。

慎が演じる主人公の家は、葉山で昔ながらの海の家と、貸しボート屋をやっている。けれど、その〈昔ながら〉がいまどきのお客にはそっぽを向かれて、経営が苦しい。

今井朝美が演じるヒロインは、大学の一年生。父は、画家なのだが、あまり売れず、葉山にある古い別荘も手放す事に……。

その別荘で最後の夏を過ごそうとやってくる彼女。

そんな二人が、森戸海岸で出会い、淡い恋がはじまる……。

慎は、いつものようにボソボソと話す。ヒロイン役の今井朝美も、口数はひどく少ない。

ギャグもドタバタしたシーンもない。ひたすら、水彩画のように淡く静かな海岸町の恋物語……。

〈そうか〉わたしは、胸の中でつぶやいた。これは、不器用にしか生きられない二人の恋を描いたストーリーなのだ。向井監督らしい作品なのかもしれない……。

そして、映画の真ん中あたり。主役の二人がうちの店に来るシーンが近づいてきた。となりの愛が、口を少し開いて身をのり出した。

やがて、店の外観が映った。そして、その前を歩いていく愛とトモちゃん……。カメラアングルの関係で、トモちゃんは横顔。そして、トモちゃんを見て話している愛は、顔の正面がはっきりと映っていた。

その短いカットが終わり、口を半開きにしていた愛が、

「はぁ……」と、ためていた息を吐いた。

「よかったね、ちゃんと映ってたじゃない」わたしは愛の耳もとで言った。愛は、まだぼうっとしたまま画面を見ている……。


そして、ひと夏の恋によって少しずつ成長した二人が、それぞれの道を歩きはじめる秋のはじめ……。そんな切ないラブストーリーは終わった。

ラストのクレジットというのだろうか、出演者の名前が画面に流れはじめた。

主演の二人……。共演の人たち……。

そして、俳優ではない人たちの名前が流れる……。

普通は、〈協力・葉山町の皆さん〉とか、ひとまとめにクレジットされるんだろう。けれど、撮影に協力した人たちの名前がずらっと画面に流れる……。

その中、〈本田愛〉〈山内とも子〉という名前！

わたしは、「あ……」と声を出してスクリーンを指差した。

愛は、「え！」と声を出し、じっと画面を見つめている。みじろぎもせず……。

そして、〈撮影協力〉には〈葉山森戸海岸・ツボ屋〉のクレジットも流れた……。


「ありがとうございます。愛の名前やうちの店名まで出してもらって」とわたしは向井監督に言った。

試写が終わった後。試写室の外で立ち話をしていたときだ。

「いや、あのシーンは君の店で撮影して本当によかったし、愛ちゃんたちもよかった。映画にリアリティーを与えてくれて……」と監督。さらに、

「ああいうクレジットを入れたのは、実は私が慎に教わった事でね」と言った。

「慎に？」

「ああ……。いつか、慎に言われた事があってね。どんな小さな役の出演者でも、その人がいなければ映画は完成しない……。だから、たとえ小さくても、出演者全員の名前をクレジットするべきじゃないかとね」

「へえ……」わたしは、つぶやいた。そして思い出していた。東南アジアにいる慎とラインでやりとりしたときのことだ。

愛がエキストラで映画に出た事を話した。

〈ほんの、5秒ぐらいの場面だけど〉とわたしが言うと、

〈5秒も50分も関係ないよ。映画って、出演した全員がそれぞれの場面で、ある意味主役なんだと思うし……〉と慎。

〈だから、愛ちゃんには《これで共演者だね》と伝えといて〉とも言ってくれた。

その事を話すと、監督は深くうなずいた。

「全員がそれぞれ主役か……。いい言葉だな。慎の中には、映画の制作にかかわった人間は、誰もみな平等だという思いがあるみたいだ」

「平等……」

「ああ……。私も長く映画監督をやってきたが、若い俳優からあんな言葉を聞いたのは初めてだった。何か、とても大切な事に気づかされた、そんな思いがしてるよ。今さらだけど……」

そうつぶやいて、監督は苦笑した。そこへ、助監督がやってきた。

「はい、これ」と言って、一枚のＤＶＤを渡してくれた。

何も印刷されてない白いＤＶＤに、〈いつか君と見た水平線〉と映画のタイトルが

サインペンで走り書きしてある。

「とりあえず、完パケ」と助監督「また家でゆっくり観ればいいよ」と言ってくれた。

「わあ……」とショーウインドを眺めて愛が歓声を上げた。

試写室を出て30分後。わたしたちは、表参道(おもてさんどう)を歩いていた。愛は、一度は行ってみたかったという竹下(たけした)通りで買ったクレープを手にしていた。

ぶらぶら歩いていたわたしたちは、ある高級ブランド店の前に立ち止まり、ディスプレイを眺めた。

「可愛い……」と愛。ディスプレイされている七分袖(しちぶそで)のブラウスを見ている。山から出てきたタヌキとはいえ、やはり女の子だ……。

「でも、こういうお店って高いんだよ」とわたし。

「そんなでもないよ……。１２００円だよ」と愛。わたしは身を乗り出した。そして、

「……あのさ、1万2千円だよ」と言った。愛が、ゼロを一つ見落としていたのだ。というより、そんな値段のブラウスがあるという意識が、まるでなかったのだろう。

「いちまんにせん……」と愛。半開きになった口から、かじっていたクレープのひと口がポロリと落ちた。

「1万2千円のブラウスを買うって、どんな人なんだろう……」と愛。ショックをうけた表情でつぶやいた。わたしは、

「わからないよ、そんなの……」と正直に言うしかなかった。そのときだった。

「最後のお願いです！」という声が耳に飛び込んできた。

ふり向くと、選挙の宣伝カーが表参道をゆっくりと走っているのが見えた。候補者の名前を連呼しながら、走っている。窓からは、候補者らしいおじさんが手を振っている。

〈あっ、いよいよ選挙なんだ……〉とわたしは、つぶやいた。慎のお父さんが立候補している衆議院選はもうすぐだ。

そういえば、さっき、試写会が終わったあとだ。カメラマンらしい人が、

「そういえば、慎は、どうしてるんですか？」と向井監督に訊いていた。

「さあ、ねえ……」と監督はとぼけている。選挙騒ぎを嫌った慎が、東南アジアを旅しているのを知っているのに……。

「愛を船に？」わたしは、一郎に訊いていた。
金曜の午後3時。今日も慎のファンたちが四人ほど来た。ランチタイムを過ごし帰

っていった。入れ替わりに店に一郎が来た。そして、〈愛にも釣りの手伝いをして欲しい〉と言ったのだ。

一郎は、説明する。もう秋なので、マヒマヒ釣りのシーズンは終わり。これからの食材釣りは、イナダになるという。

イナダは、ブリの子供。体長は40から50センチ。重さは1キロぐらいだろうか……。秋の相模湾ではおなじみの魚だ。

「イナダは群れで回遊してるから、ハリにかかるときはバタバタとかかるんだ」

と一郎。二本のルアーを流していると、その両方に同時にかかる事がよくあるという。

「おれは船の舵から手を離せないから、二本の仕掛けに同時にかかったとき、二人でリールを巻いて欲しいのさ」と一郎。

「そっか……で、愛を……」わたしがつぶやくと、ちょうど愛が学校から帰ってきた。その件を話すと、

「やる、やる！　食材の調達だもんね！」と鼻息を荒くした。

「さあ、いつでも来い」と愛。船の上で言った。

土曜日。朝の7時。わたしたちは、船の上にいた。一郎によると、イナダは朝夕によくエサをあさるという。

なので、魚市場での食材拾いを終えたわたしたちは、この時間に海に出たのだ。

港から10分ほど船を走らせたところで、ルアーを二本、船の後ろに流した。

わたしは、澄んだ秋の空を見上げていた。同じように上を見ていた一郎の表情が、ふと引き締まった。あたりに飛んでいる海鳥の数が急にふえていた……。

次の瞬間。

両舷（りょうげん）にある二つのリールが、同時にジーッと鳴りはじめた！

10　4800円が泳いでいる

「ヒット！」とわたし。

「かかった！」と愛。二人、急いでリールに駆け寄る。

一郎が船のスピードを落とした。わたしと愛は、リールを巻きはじめた。愛は、まだ力が弱いので必死にリールを巻いている……。そうしながらも、

「4800円！」と口に出している。

「それって⁉」とわたし。

「イナダ一匹の売り上げ！」と愛。

わたしは、思い出した。釣りに出る前から、愛は何か計算をしていた。訊くと、こうだ。

イナダ一匹をさばけば、四人分の食材になるという。確かに、四切れにはなる。

「それをソテーして出せば、一皿1200円はとれるよ」と愛。

つまり、イナダ一匹で4800円の売り上げになると……。

「海に、4800円が泳いでるんだ。釣らなきゃ！」と愛。船に乗る前から意気込んでいた……。

そんな事を思い起こしながら、わたしはリールを巻く。力の弱い愛も、必死な表情でリールを巻いている……。

やがて、わたしの方の魚は船べりまで来た。

「よし」と一郎。片手で舵を握りながら、落ち着いた動作で、柄のついたネットを渡してくれた。やはり、頼もしい……。

わたしは、それで海面の魚をすくった。船の中に取り込んだ。かなり太ったイナダだった。1キロ以上ありそう……。

もう片方の船べりでは、愛が必死でリールを巻いている。そこそこ大きなリールを、小さな手で巻いている。顔が汗だく……。

「頑張れ！」と一郎。愛はうなずき、顔を真っ赤にしてリールを巻く……。

そっちのイナダも、やっと船べりまで来た。わたしは、身をのり出してそれをネットですくい上げた。船の中へ！

「すぐルアー流して！」と一郎。

イナダの群れに当たったら、素早く、釣れるだけ釣るという事らしい。

わたしと愛は、イナダの口からルアーをはずす。船の後ろに流しはじめた。船の床では、釣り上げたイナダがバタバタと暴れている。

やがて、「終わったな……」と一郎がつぶやいた。

海面にいたイナダの群れは、下に潜ってしまったらしい。当たりがパタリとなくなった。わたしは、ほっと息を吐いた。船の底には、一〇匹近いイナダ……。まだバタバタと暴れている。

愛は、それをつかもうとする。けれど、魚は暴れてなかなかつかまらない。

「逃げるな、４８００円！」と愛。両腕で必死にイナダをかかえ込んだ。そして、氷の入ったクーラーボックスに入れていく……。

「あちゃ……」愛が声に出した。

午前10時。わたしたちは、店に戻ってきたところだった。

愛が着ているTシャツは、魚のウロコだらけだった。

力の弱い愛は、暴れるイナダを一匹ずつ胸にかかえてクーラーボックスに入れていた。なので、着ていたTシャツには細かいウロコがへばりついている。

愛は、Tシャツを頭からすっぽりと脱いだ。その下には、何も着ていない。たぶん、汗だくになると、わかっていたから……。肩も、裸の背中も、まだ汗で濡れている。

「魚臭い……」愛は、脱いだTシャツを顔に近づけ、つぶやいた。

「とにかく洗濯しなよ」わたしが言った。

そのときだった。店のドアが開いた。野菜を持った耕平が顔をのぞかせた。ドアに背を向けていた愛は、ふり向き、耕平を見た。目が合う。

「ヒャッ」という叫び声！

愛は、脱いだTシャツを胸に当て、店の奥に駆け込んでいった。

野菜の入った段ボール箱を持った耕平は、ポカンとした表情を浮かべている。

「あの……トマト持ってきたんだけど」と言った。昨日、注文しておいたトマトだ。

わたしは、苦笑い。

「ありがとう」と言った。

「どう、大漁だったか？」と奈津子。耕平と入れ違いに店に入ってきた。

今日は土曜日。店が混みそうなので、奈津子に手伝いを頼んでおいたのだ。

奈津子は、さっきまでウインド・サーフィンをやっていたらしい。ウエットスーツを身につけている。髪もまだ濡れている。

「かなり釣れたよ」とわたし。

「よかったじゃん」と奈津子。あたりを見回し「愛は？」

「それがさ……」とわたし。さっきの出来事を話す。愛がウロコだらけのTシャツを脱いで上半身裸になったとき、同級生の男の子がトマトを届けにきて、と……。奈津子は、笑い声を上げげた。

「で、愛は？」

「たぶん、風呂場あたりでへこんでると思うよ」

奈津子は、笑い続けながら、

「ガキとはいえ、そういう事に敏感になる年頃なのかな……」とつぶやく。「わたしも、シャワー借りたいし」と言い、風呂場のある奥へ入っていく。

奈津子とわたしは、風呂場の脱衣所に入っていった。

ショートパンツ姿の愛は、上半身裸のまま。両膝をかかえて座っていた。胸にウロコだらけのTシャツを当てて……。表情は、半泣き……。

「どうしたのさ」と奈津子。愛は、うつむいたまま、

「バスト、見られたかもしれない……」と消え入りそうな声で言った。

奈津子は、苦笑い。指で愛の頭をつんっと押した。

「何を、おバカな事言ってるの」と奈津子。「あんたのは、バストとかじゃなくて、ただの胸だよ」と言った。愛が、顔を上げた……。

奈津子は、ウエットスーツを脱ぎ、水着姿になる。

「あのね、バストってのは、こういうのを言うの」と言い、胸を張った。

確かに……。水着を突き上げている奈津子のバストは立派だ。高校生の頃からよく発達した体をしていた。それで、男の子たちの注目を浴びていたものだ。

「これがバストで、あんたのは、ただの胸。胸部。わかった？」

と奈津子は言い切った。

確かに……。愛の胸は、ほんの少しだけ膨らみかけている。けど、ぱっと見は男の子の胸と変わらない……。

やがて、泣きそうだった表情が変わっていく……。自分の、ほぼ平らな胸を見下ろし、

「そっか……」とつぶやいた。

「そういうこと。バストと名のるには、3年早いね。わかったら、シャワー浴びよう」と奈津子。愛の肩を叩いた。愛が、ノロノロと立ち上がった。

「あ、慎のお父さん、当選したんだ……」わたしは、スマートフォンを手につぶやいた。

日曜の夜中近く……。

今日は、夜までお客が来た。東京から来たらしいお客が、五組。

わたしと愛は、その接客をした。いま、片付けを終わったところだ。カウンターにかけ、ひと息。スマートフォンを開くと、ニュースが……。

〈衆院選、開票速報〉そして、〈内海智史氏、接戦を制して初当選！〉の見出し。

そのわきには、〈人気俳優・内海慎さんの父〉と……。

衆院選は今日が投票日で、即日開票したらしい。

その結果、慎のお父さんは当選したようだ。バンザイをしてる画像もある。縁なしの眼鏡をかけ、髪は後ろになでつけている、太りぎみのオジサン。

慎と似たところはない。

「東京五区？」わたしは、つぶやいた。慎のお父さんが出馬したのは、東京五区らしい……。

「五区って、目黒区や世田谷区あたりだよ」と愛。わたしと並んで、さかんに自分のスマートフォンを操作している。

さっきまで忙しく接客をして、例のバスト騒ぎからは、すっかり立ち直ったらしい。

事がある。

「そっか……」とわたし。いつか、世田谷区の二子玉川に実家があると慎から聞いた

「接戦だったんだ……」わたしは、つぶやいた。ニュースにそう書いてある。

「そう、自民党公認の慎ちゃんのお父さんと、無所属で現役の候補との一騎討ちだっ

たみたい」と愛。

「へえ……」とわたし。その得票差は2千票あまり……。

「衆院選の小選挙区で2千票の差って、ないも同然でさ……」と愛。

「……あんた、なんでそんなに社会情勢に詳しいの？」と訊くと、

「そんなの常識だよ、ウミカ」と愛。

わたしは、苦笑い。「悪かったわね」と言った。そして、

「あんた、バストにいくはずの栄養が、脳ミソにいっちゃったのかなぁ……」

「そうかも……」と愛。笑い声が店に響いた。

そのとき、ラインに着信。東南アジアを旅している慎からだ。

〈元気？〉と慎。〈元気よ。まだタイにいるの？〉とわたし。

〈いや、少し前からヴェトナムに来てるんだ〉

〈ヴェトナム……〉

〈ああ、ハノイのかなりはずれにある村に泊まってるよ〉

〈へえ……。そこって、どんな？〉

〈いろんな意味で、すごく興味深いな。毎日が新鮮だよ。でも……そろそろ日本に帰るつもりなんだ〉と慎。

「帰ってくる……」わたしは、つぶやいた。

〈ああ、選挙騒ぎも終わったらしいしね……〉と慎。

〈選挙結果は知ってるの？〉と訊くと〈ああ、一応ね……〉と気のない返信。そして、

〈選挙はともかく、もうすぐ映画の発表会もあるし〉

　わたしは、うなずいた。そうか……。

　映画〈いつか君と見た水平線〉。その封切りに向けたマスコミ向けの発表会があると、向井監督から聞いたのを思い出した。

〈それに主役が出ないわけにいかないものね？〉とわたし。

〈まあね……。でも……それよりほかに、日本に帰りたい理由があってさ〉

〈ん？　それって？〉ラインを返すと、2分ほどして、

〈……君に会いたいから〉と慎。

「うひゃ！」という声。いつのまにか、隣りにいた愛が、わたしのスマートフォンを覗（のぞ）き込んでいる。

「慎ちゃん、積極的！」と愛。

「うるさいわね！」わたしたちがやり合ってると、グツグツという音。湯むきをするため、トマトを茹(ゆ)でている。その鍋(なべ)が煮立っている。

「やばい、吹きこぼれる！」わたしは、カウンターの中へ。ガスコンロの火加減を調節する……。


「あんた、何してるの⁉」と叫んだ。

わたしが火加減を調節してるうちに、愛がわたしのスマートフォンをいじっている。

「代打者(ピンチヒッター)……」と愛。素早くラインを打って、もう送信してしまった。

「やめてよ！」わたしは、スマートフォンを奪い返した。画面を見る。

〈わたしも、会いたくてたまらない。毎晩、慎の夢を見てるわ！〉そして赤いハートが三つも！

「う……」わたしは、口を半開き。

「だって、ウミカ、うぶだから心配になってさ」と愛。わたしの口は半開きのまま……。

11　ガサ入れ

「どうだった？　学校で」わたしは、帰ってきた愛に訊いた。

今日、愛はノート・パソコンと、映画のDVDを持って学校に行った。愛とトモちゃんが映ってる場面を、クラスのみんなに見せるために……。

「うけた、うけた」と愛。昼休みにみんなに見せたという。

「それは、いいんだけど。お母さんが……」そう言い、ちょっと表情を曇らせた。

「お母さんが？」わたしは訊いた。学校の帰り、お母さんが入院してる病院に行くと言っていた。そして、映画の場面をベッドにいるお母さんにも見せると……。

「お母さん、映画を観てすごく喜んでくれた。青山通りで撮ったあの写真も見せて……」

「よかったじゃない」

「うん……」と愛。その表情が相変わらず曇っている……。

「入院費が？」わたしは、訊き返した。愛がお母さんを見舞って、病室を出た。そこで、病院のスタッフに声をかけられたという。

「お母さんの入院費が、2ヵ月前から支払われてないって……」

「入院費……」わたしは、つぶやいた。お母さんの入院費は、毎月、お父さんが支払っている。そう聞いている。

「でも、もう2ヵ月、支払われてないらしい……」と愛。

「で、お父さんに連絡は？」

「してみたけど、電話が繋がらない。いちおう、ラインは送っておいたけど……」

「へえ、やばいね……」わたしは、つぶやいた。

「じゃ、あんたの生活費は？」

「それも、この2ヵ月もらってない……っていうか、お父さんに会ってないよ」と愛。

「まあ、連絡待ちするっきゃないか……」と肩を落とした。

「あ、こっちも大変！」と愛。夜の9時。スマートフォンを見ている。

「慎ちゃんのお父さんに、選挙違反の疑いだって……」

「選挙違反!?」わたしも急いでスマートフォンを開いた。

トップニュースだ。〈内海智史氏に、選挙違反の疑い!〉という見出し。愛が、素早くニュースをスクロールして読んでいる。

「これって……」

「慎ちゃんのお父さんの陣営から、有権者にお金がばら撒かれた疑いがあるらしい」と愛。

「お金……」わたしは、つぶやいた。愛は、かなりのスピードでネットのニュースを読んでいる。

「東京五区は接戦になるのがわかってたから、もしかしたら、それで違反したのかなあ……」と愛。

「明日以降、お父さんと周囲が捜査されるかもしれないって」

「捜査……。じゃ、お父さんは?」

「まだ疑いの段階だし、お父さん本人が選挙違反の指示をしたかどうか、そう簡単にはわからないみたいだよ」と愛。

わたしは、すぐ慎にラインを送った。〈あの、お父さんの事で〉と……。

すぐにラインが返ってきた。

〈ああ、知ってる。やっぱりって感じかな〉と落ち着いた返信。

〈やっぱり？〉

〈ああ、何事も金で解決できると思ってる人だから……。選挙違反ぐらい、平気でやりかねないな〉と慎。《思ってる人》という言葉が、お父さんとの距離を実感させた。

〈ついさっき東京の事務所と連絡をとって、明日、コメントを出す事にしたよ〉

〈コメント？〉とわたし。

〈まあ、おれには関係ない事だから、ごく簡単なものになるだろうな……〉と慎。

〈あまり心配しないでいいよ。でも、いますぐは帰国しない方がいいみたいだな、残念ながら……〉

翌日。早朝。
わたしと愛が、魚市場での魚拾いから帰ってくると、すでにテレビのニュースで流れていた。
あまりつけない小型のテレビを、さすがに今朝はつけていた。愛は、朝ご飯のトーストをかじりながら、テレビを観ている。
「やっぱり、今日あたり、まず選挙事務所に捜査が入るみたい……」とつぶやいた。

「事務所に……」

「ほら、よくドラマなんかでやってる〈ガサ入れ〉ってやつだよ。段ボール箱たくさん持って」と愛。トーストをかじりながら言った。

午前9時過ぎ。慎のコメントが、まずネットのニュースに流れた。

〈内海慎さんが、所属事務所を通じてコメント〉の見出し。

〈このたびは父の事でお騒がせして申し訳なく思います。私は8月から海外に滞在しており、この件については何も関知していないので、発言は差し控えさせていただきます。内海慎〉

午後のテレビ番組でも、この件は、大きく取り上げられた。キャスターやコメンテーターの意見は、おおむね慎に同情的だ。

慎のお父さんは、旧大蔵省の役人。バリバリのキャリア官僚。

そんなお父さんと、慎との間には深い溝があった。

そして、慎は孤独な写真少年になり、不登校に……。それが、ふとしたきっかけで向井監督に見出(みいだ)され俳優に……。

そんなこれまでの出来事は、選挙運動の最中も、よくメディアに取り上げられていた。

慎が、14歳の頃から実家を出て一人暮らししていることも……。

「だから今回、内海智史氏の選挙違反の件と、息子である慎さんを関連づけてどうこう言うのは、ちょっと無理があるかもしれない」

と中年の社会学者がテレビでコメントした。スタジオにいる出演者たちが、うなずいている……。

「わ、すごいアクセス数！」

と愛がスマートフォンを手にして言った。夕方の5時だ。つい1時間前、慎がブログを更新したらしい。

日本を離れてから、慎はブログを一度も更新していなかった。写真をアップすると、いまいる所がばれてしまうからだろう。そのブログが、いま更新……。

「っていうより、リニューアルしたみたい」と愛。わたしも、慎のブログを開いた。

これまでは、苗字（みょうじ）のウツミからとったのか、『うつむきダイアリー』というタイトルだった。

それが、『まえむきダイアリー』になっている。

すぐその下に、

〈僕が人生を旅する中で、これはと思うシーンを、ぽつりぽつりと紹介します〉

という二行がある。

そして、一枚の写真……。

タイかヴェトナムの海辺だろうか。

漁から帰り砂浜に上げたらしい小船。そのわきで、網にかかった小さなエビを外しているのは、お父さんと、10歳ぐらいの息子。

二人とも、濃く陽灼(や)けし、粗末な服を着て、裸足(はだし)。真剣な表情で、5センチほどのエビを網から外している……。そんな写真の下に三行の文章。

『彼らは、高級な車も最新のパソコンも
　持っていないかもしれない。けれど、
　　この世界で一番大切な何かを持っているのかもしれない』

わたしは、その三行をじっと見つめた。

慎が書いた〈この世界で一番大切な何か〉……。

それが、漠然とだけどわかる気がした。

体を、そして手を動かして働く人が持つ輝き。そして、一生懸命であることの、美しさ……。

これまで、慎からきたラインにあったそんな言葉を、わたしは思い出していた。

さらに、父と息子がともに働いているその姿……。

「……すごい、ブログへのファンの書き込みが、１時間半でもう３００を超えた……」と愛。わたしも、それを見る……。書き込みのほとんどは、

〈お父さんの事なんか関係ない〉〈慎ちゃんは慎ちゃん！〉

という内容だ。そうしている間にも、書き込みは、どんどんふえていく……。


「あ、ＢＰＭ！」と愛が言った。

午後４時過ぎ。イナダ釣りを終えたわたしたちは、港に帰ってきたところだった。

岸壁を歩いてきたのは、確かに、野球部監督のＢＰＭだ。今日はジャージ姿ではなく、ポロシャツに上着を着ている。岸壁に船を舫っていた一郎は、やつを見た。

「魚でも買いにきたのかな？」と言った。ＢＰＭは苦笑い。

「そうじゃないよ。謝らなきゃならない事が二つあってね……」と言った。一郎と話

しはじめた。

「海に突き落としてやろうか……」愛が小声でわたしに囁いた。

「まあ、いちおう話を聞いてから突き落とそう」とわたし。

「野球連盟から？」と一郎。

「ああ、最終回にうちのピッチャーが投げた危険球について、神奈川県の野球連盟から警告を受けたんだ。確かに危ない投球だった」とBPM。一郎が、うなずいた。

「いま、君の葉山二中に行って野球部の顧問をしてる武田先生に謝ってきたよ」

一郎は、また軽くうなずいた。

「そして、武田先生から聞いたよ。君が選手だった頃の事を」とBPM。船の舫いロープを扱っていた一郎の手が止まった……。

12　君に嫉妬してた

カモメが三羽、港の上空に漂っている。

BPMは、缶ビールを手にしていた。そばにある自販機で二缶を買い、一缶は一郎に渡した。

「実は、君が中学年だった頃から注目しててね……」

とBPM。ビールのプルトップを開け口をつけた。

「中学……」

「ああ、葉山二中でピッチャーをやっていた頃さ。あの頃は、四番打者でもあったな」

一郎は、海を眺めてうなずいた。

「ある大会で君を見て驚いたよ。中学生とは思えないスケールの選手だったから……。その後、甲子園で活躍するようになっても、当然にしか見えなかった……」

そう言い、またビールをひと口。

「ドラフトでプロ入りしたときには、嬉しかったな。同じ湘南地区の中学を出た選手がプロ入りしたんだから……。うちの藤沢南中の野球部員たちも同じで、あの頃は君を応援してたと思うよ……」

小型の漁船が、港に入ってきて、ゆっくりと着岸した。その曳き波が、こちらの船をかすかに揺らせた。

「……ところが、君はプロ野球のピッチャーとしてほとんど登板しないまま戦力外通告をうけ、そしてチームを去ったと聞いている。……それが、私には納得出来なくてね……」

そのとき、近くにいた愛が、口をとがらせ、

「だから、この前はあんな嫌みを言ったわけ？　オジサン」とＢＰＭに……。

思わぬ方向から突っ込まれ、やつは一瞬たじろいだ。

「ま、まあ……」とＢＰＭ。ひと息をつく……。海を見つめる……。

「……正直に言えば、私には、君に対する嫉妬もあったのかな……」

「嫉妬？」と一郎。缶ビールに口をつけた。

「私は、大学の野球部で内野手をやっていた。けど、ごくごく平凡な選手で、プロになるなど考えた事もなかった」とＢＰＭ。

「だから、華々しくプロ入りした君が羨ましかったんだ。若く、恰好良く、才能に恵まれた君が……。ビールっ腹のオヤジになってしまった私は、やはり嫉妬してたのかな……」そう言うと、苦笑いした。

太陽はかなり傾いてきている。イエローがかった陽射しが、ＢＰＭの手にしているビールのアルミ缶に光っている。

「だから、この前の練習試合で、あんな嫌みを言ってしまった。けど……家に帰ってから、ひどい自己嫌悪に襲われたよ」と言い、また苦笑した。

愛が、わたしの耳元で囁いた。

「反省してるみたいだから、海に突き落とすの、とりあえずやめとこうか……」

「そだね」とわたし。

若い黒人が、大きなＣＤプレーヤーを持って岸壁を歩いてきた。岸壁に腰かけた。

たぶん横須賀基地の兵隊……。黄昏の海を眺めにきたのかもしれない。

「そんな事もあり、さっき君の中学に行ったとき、武田先生に聞いたんだ。君の事を」とＢＰＭ。

「彼は、さらりとだが、話してくれた。君と妹さんの事をね……」

缶ビールを口に運ぶ一郎の手が、ぴたりと止まった。表情は、変わらない……。

黒人兵のCDプレーヤーから、スロー・バラードが風に乗って流れてきた。

「プロとして初登板する前日に、妹さんを失くしたなんて……。そんな事があったとは全く知らなかった……」とBPM。

「それなのに、あの練習試合では、君を侮辱するような事を言ってしまった。……すまない」と言った。

一郎は、しばらく海面に揺れる夕方の陽射しを見ていた……。やがて、

「誰でも失投する事はあるさ。同じ野球をやってきた者同士じゃないか……。もう気にしないでいいよ……」と言った。静かな声だった。

わたしは、思わず一郎の横顔を見た。海に視線を送っている、その静かな横顔をじっと見つめていた……。そこに漂う、微かな悲しみの色も……。

涼しくなってきた海風が、一郎が着ているシャツの襟を、そっと揺らせた。岸壁に舫った船も、ほんの少し揺れている。黒人兵のCDプレーヤーから、B・ヘブの歌う〈Sunny〉が、ゆったりと流れていた。

「あのピッチャーを？」と一郎。

「ああ、そうなんだ」とBPM。「なんとかならないものかなあ」と言った。

練習試合の最終回に投げたピッチャーの事らしい。

「中学二年にしては体格がいいし、球は速いんだが、コントロールがどうしようもなくてね」とBPM。一郎は、うなずいた。

「確かに、中二にしては、球は速いな……」とつぶやいた。

「じゃ……。あの危険球は、わざとじゃなくて？」

わたしは訊いた。あのピッチャーがマウンドに上がる前に、BPMが何か耳打ちしてた。それを思い出したのだ。

「わざとじゃないよ。葉山二中の四番は、なかなかいいバッターだから、勝負しないで、フォアボールで歩かせろと指示したんだ。あそこでホームランでも打たれたら、サヨナラ負けだから……」

「なるほど。あの危険球は失投だったわけか」と一郎。

「そうなんだ」とBPM。一郎が、うなずいた。

「それで、わかった。最後、おれに投げた三球目」

「場外に打たれた三球目か……」

「ああ……。〈仮にも元プロの選手に、あんなストライク・ゾーンど真ん中に投げるか、このバカ〉と思ったが、あれも失投だったんだな」と一郎。

「もちろん。本人は、外角低めを狙ったつもりが、ど真ん中に投げちまって、君に打たれたんだ。あの後、ひどく悔しがってた」

　とBPM。

「あれだけ速い球を投げられるんだから、そこそこの選手になれるかもしれないが、あのコントロールじゃダメだ……」と言った。

「確かに……」と一郎。

「そこで、君に相談なんだけど、もし良かったら、あいつの投球フォームとかを見てやってくれないだろうか」

「でも、あんた、監督なんだろう。自分でコーチすればいいじゃないか」

「それが、私にはピッチャーの経験がないから、なかなか難しいんだ。しかも、君は昔からコントロールが抜群にいいピッチャーと言われてたし」とBPM。

　わたしは、うなずいた。朝の魚市場。ネットに入ったタコを遠くまで投げる一郎。仲買人の持った発泡スチロールにすっぽりと入る、そのコントロールの良さを思い出していた。

「なんとか頼むよ」とBPM。一郎は、しばらく考える……。

「しょうがないなあ……。じゃ、あいつに言ってくれ。明後日（あさって）、土曜の朝7時にここに来いって」

「なんで引き受けたの？　あんなやつ、放っておけばいいのに」と愛が言った。

わたしも、うなずいた。　1時間後。うちの店だ。

わたしは、イナダの照り焼きを一郎に出してあげた。ブリほど脂がのっていないイナダは、照り焼きにすると美味しい。一郎は、それを突つきながら、今日二杯目のビールを飲みはじめた。

「まあ、あんなやつ、どうでもいいと言えばいいんだが……」

「じゃあ、なんで？」とわたし。

一郎は、箸を動かす手をふと休ませた。しばらく考えている……。そして、

「あのピッチャー……ちょっと昔のおれに似てるんだ……」とつぶやいた。

「昔の一郎に？」と愛。

「ああ、中学で野球選手だった頃のおれに……」

「それって、どの辺が？」とわたし。

「そう……。生意気なガキだったところかな？」と一郎は苦笑い。

「自分が一番だっていう思い込みで、突っ張ってた。そのところが、当時のおれに少し似てるかな。もちろん、おれの方が、ピッチャーとしてのコントロールは全然良かったけどな……」

と言った。わたしを見て、ニッと白い歯を見せた。ビールのグラスに口をつける…

…。わたしは、また照り焼きを突ついている一郎の表情をじっと見ていた……。22歳の彼に漂う少年の面影……。

そのときだった。隣りにいる愛が、何か書いている。店のメモ用紙に、〈目がハートになってるよ〉と走り書きした。わたしは、愛の耳を引っ張る。

「こら……」と小声で言った。

けれど、痛いところを突かれたのも事実だ。一郎の、自分を飾らない言葉と表情が、かなり眩しかったのだ……。それでも、

「よけいなお世話……」と小声で言った。すると、愛がわたしの顔を見てまたメモ用紙に走り書きした。

〈ウミカ、顔が赤いよ。まるで照り焼き〉

わたしは、絶句……。

「おう」と一郎。顔を上げた。

土曜。朝の7時。港の岸壁。わたしたちは、船を出す準備をしていた。

そこに、あの中二のピッチャーがやって来た。ジャージ姿だ。今日も、くちゃくち

ゃとガムを噛んでいる。

「お前、名前は?」と一郎。やつは、ブスッとふてくされた表情のまま、「シゲル」とだけ言った。監督のＢＰＭに言われて、嫌々やって来た。その本音がわかる……。

「そうか、シゲルか……」と一郎。船の舫いロープをほどく手を止めた。

「よく来たな」と言い、シゲルの肩を叩いた。

「おれも気は進まないんだが、お前に教える事になったらしくてな……」と一郎。

「じゃ、とりあえず、準備体操は水泳だ」と言った。シゲルの首根っこをつかむ。岸壁から海に落とした。

13　せっかく、泳ぎを覚えるチャンスだったのに

「やった！」

わたしと愛は、同時に叫んでいた。岸壁から下をのぞく。けれど、シゲルのやつは海に落ちていなかった。

岸壁には、船がぶつかってもいいように、古いタイヤがずらりとぶら下げてある。シゲルは、そのタイヤの一つにつかまっている。

悪運の強いやつだ……。

「上げてくれ！」とシゲル。必死な表情。

「泳ぐと、いい準備運動になるぞ」と一郎。

「お……泳げないんだ……」とシゲル。

「大丈夫。頑張れば、そのうち泳げるようになるよ」と愛が言った。

「そんな……」とシゲル。その顔が紅潮している。

「それじゃ、まず、口のきき方から教えてやろう。お前の名前は？」と一郎。

「シ……シゲル……」

「違う、〈シゲルです〉だろう」と一郎。

「シ、シゲルです。上げてくれ！」

「違う、〈上げてください〉だろう？」

「あ……上げて、ください」

「中学生のくせに、重いな……」と一郎がつぶやいた。

みんなで、シゲルを岸壁に引っ張り上げたところだった。

「せっかく、泳ぎを覚えるチャンスだったのに」と愛。シゲルは、完全にばてている。四つん這(ば)いになって、荒い息をしている。

「さて、お前さん、選ぶんだな。シッポを巻いてさっさと帰る。それとも、もう少し頑張ってみる。さあ、どうする？」と一郎がいった。シゲルは、まだ肩で息をしている……。荒い息をしながら、

「このまま帰ったら、監督にどやされる……」と弱々しい声で言った。

「いまいちだな……」一郎がつぶやいた。

港を出て1時間。イナダを三匹釣った。けれど、それ以上の当たりはない。一郎が、船を止めた。今日の食材調達は終わり……。わたしたちは仕方なくルアーを上げた。

「おい、立てよ」一郎がシゲルに言った。船の中に座り込んでいたシゲルが、ノロノロと立ち上がった。

「こいつを投げて、あのブイに当ててみろ」と一郎。一個の重りをシゲルに渡した。

船の隅にあった釣り用の重り……。小石ぐらいの大きさがある。

一郎が指差したのは、海面にあるバレーボールぐらいの黄色いブイ。止まっている船から10メートルほど先に浮かんでいる。漁師が網をかけた目印に設置したものらしい。

シゲルは、重りを右手に握る。深呼吸……。そして、ピッチャーにしてはぎこちないフォームで投げた。

けれど、まるでダメ。3メートルぐらい手前の海面に落ちた。ポチャッと小さな水飛沫が上がった。

「ダメだ……」シゲルはうなだれた。

「確かにダメだな。じゃ、見てろ」と一郎。自分も重りを拾い上げた。

「あのブイだ」と指差した。シゲルが狙ったのより、かなり遠い。20メートル以上先に浮かんでいるオレンジ色のブイ。その上に、カモメが一羽とまっている。

一郎は、大きくゆったりとしたフォームで投げた。重りはまっすぐに飛び、ブイに命中した。とまっていたカモメが、あわてて飛び立っていく。

シゲルは、驚いた顔……。

「もう一球」と一郎。また重りを投げた。これも、同じブイに命中！

シゲルは、信じられないという表情で口を開いている。

「あの……」とシゲル。一郎の斜め後ろから声をかけた。

一郎が舵を握る船は、ゆっくりした速度で港に向かっていた。

「さっきの事か？」と一郎。ちらりとふり向いて言った。シゲルは、

「なんで、あんなコントロールが……」とつぶやいた。一郎は、舵に手をかけたまま、

「せっかく葉山まで来たんだから、一つだけ教えてやろう」と言った。そして、

「ピッチャーにとって一番大事なのは下半身、つまり足腰だ」

「足腰……」

「ああ。お前、腕力だけはあるみたいだな。なので、そこそこ速い球が投げられる。けど、コントロールは滅茶苦茶だ」と一郎。

「まして不安定な船の上じゃ、あんな無様なフォームでしか投げられない。そいつは、下半身が安定してないからさ」と言った。

「じゃ、あんたは……」

「あんたじゃないだろう」

「あ……一郎さんは……」

「家が漁師だから、おれは3歳から船に乗ってた。小学生になる頃には、どんなシケた海でも平気になってた」

「じゃ、船の上で鍛えられた……」とシゲル。一郎は、うなずいた。

「毎日、ぐらぐら揺れる船の上で親父の仕事を手伝ってきた……。それで足腰が鍛えられなかったら、おかしいだろう？」

「確かに……」とシゲル。意外と素直にうなずいた。

わたしも、胸の中で〈なるほど……〉とつぶやいていた。一郎は、小さい頃から船の上でスポーツ選手としての基本を身につけてきたんだ……。海に鍛えられた下半身とも言える……。やがて、港が近づいてきた。

「あの……」とシゲル。

「なんだ」と一郎。船をしっかりと舫いながらやつを見た。港に帰り、みな岸壁に上がったところだった。

「ときどき、練習に来てもいいかな……。いや、いいですか？」とシゲル。

「葉山に？」と一郎。シゲルはうなずいた。しばらくして、

「まあ、好きにしろ」一郎は苦笑いしながら言った。シゲルは、何かモゴモゴと礼を言い、おじぎをして岸壁を歩いていった。その後ろ姿を眺めて、

「本当に反省してるかな……」と愛。

「さあね」とわたし。

ギイッ。店のドアが開き、耕平が入ってきた。夕方の5時過ぎだ。

今日も、野菜の入った段ボール箱をかかえている。自転車に載せてきたらしい。

「あ、ご苦労さん」わたしは言った。

愛は、まだ少し硬い表情をしている。あの、〈バストを見られたかもしれない問題〉が、まだ気になるようだ。耕平は、段ボール箱から野菜を取り出しはじめた。

「夕方の配達、いつもあんたの役目なの？」わたしは訊いた。このところ、野菜の配達はたいてい夕方。必ず耕平が来る……。耕平は、うなずいた。

「親父は、この時間になるともう酒を飲みはじめちゃってるから」

「お酒……」

「ああ、朝が早いし、酒呑みだし……」と耕平。そのときだった。彼のポケットで着信音。耕平は、ジャージのポケットからスマートフォンを出す。

「ああ、おれ……。いま、ツボ屋に配達してるとこ」

　どうやら、お父さんと話している……。

「豚の小間切れ？　冷蔵庫に少しだけ残ってるはずだけど……」と耕平。10秒ほどして、

「……賞味期限が2日切れてる？……そのぐらい大丈夫だよ。とにかく、野菜炒めぐらい、自分で作ってくれない？」と言った。そして、通話を切った。手にしたスマートフォンを見て、

「もう、酔っ払ってる……」とつぶやいた。

「あの……お母さんは？」わたしは、思わず訊いていた。いまのやりとりが気になっていた。耕平は無言。うつむいている……。

「お母さんは？」もう一度訊くと、

「いない……」とだけ返事が返ってきた。

「じゃ、帰ってから晩ご飯は？」

「……適当に……」と耕平。何か、諦めたような口調だった。育ちざかりの子が、晩ご飯を適当に……。

わたしは、改めて耕平を見た。濃く陽灼けしているので、一見ひ弱には見えない。身長も中学一年の標準だろう……。けれど、かなり瘦せっぽちなのはわかった。

「ここで晩ご飯を？」と耕平。わたしは、うなずいた。

「うちで食べていけば？　わたしたちも、もうすぐ晩ご飯の時間だし」と言った。愛が、ラタトゥイユの鍋をかき混ぜている。店にいい匂いが漂っている。やはり、耕平のところで作っている野菜は、香りが強い。トマトはもちろん、タマネギやニンジンも……。

「そうだよ、食べていけば？」と愛。耕平にふり向いて言った。３秒ほどして、

「……それって、タダか？」と耕平が愛に訊いた。わたしは、吹き出した。何につけてもお金にシビア、言いかえればケチな愛なので、ついそんな言葉が出たのだろう。

「払うっていうなら、もらうけど？」と愛。

「こら……」わたしは、愛の耳を引っ張った。

「やだ、耳がのびちゃうよ」という愛の言葉は無視。

「いまのは冗談よ。いつも安く野菜を売ってもらってるんだから、お金なんてとるわ

けないじゃない」と言った。耕平が、ほっとしたような顔をした。

「はい」わたしは、耕平の前にお皿を置いた。

イナダの切り身。軽く焦げ目がつくぐらいにバターで焼いてある。そこに、トマト、タマネギ、ナスのラタトゥイユをかけた。そして、ご飯のお皿もわきに置いた。耕平が、身をのり出した。

「ひゃ……」と愛がつぶやいた。わたしも目を丸くして耕平を見ていた。

14　不器用な町

耕平の食べっぷりが凄かったのだ。無言で、食べる、食べる、食べる……。

イナダが半分ぐらいになったところで、ご飯がなくなった。

「はい、いくらでも食べて」わたしは、山盛りのご飯を追加した。耕平は一瞬おじぎ……。まるで、録画を早送りするようにまた食べ続ける……。

放心状態というのは、こういう感じなんだろう。

耕平は、ひたすらぼうっと空になったお皿を眺めている。お腹をなでながら……。

「美味しかった？」いちおう訊いてみると、無言でうなずいた。

「こんな美味いもの、初めて食った……」とつぶやいた。

わたしは、微笑し、同時に胸をつかれていた。この子には、いまお母さんがいないという。そして、お父さんは夕方から酔っぱらって……晩ご飯は〈適当に〉という生活……。

あらためて見れば、耕平が着ている私服のジャージやジーンズも、着古していてみすぼらしい……。スニーカーもくたびれている。

「そうだ、うちに配達に来るときは、晩ご飯食べていきなよ」

わたしは、耕平に言った。耕平が配達に来るのは、週に2、3回。最近は、いつも夕方だ。

「本当に？」と彼が訊いた。わたしは、うなずいた。

「二人分も三人分も、たいした変わりがないし」と言ってあげた。半分は本当だし、そうしないと耕平が遠慮しそうだから……。

「あ……」

愛がテレビを見てつぶやいた。わたしも、思わず画面を見る。

11月の中旬。夕方の6時頃。ニュースの中で、映画〈いつか君と見た水平線〉の完成発表会が流れている。

向井監督。そして、ヒロイン役の今井朝美がステージに上がっている。慎の姿はない。

まず、今井朝美に女性司会者がマイクを向けた。

「……とても切ないけど温かい気持ちになる映画です。ぜひ観てください」

と朝美の無難なあいさつ。

そして、ステージの後ろに慎の写真。映画の中のワンカットらしい。

「では、いま海外に滞在中の内海慎さんから、コメントが届いています」と司会者。

そして慎の声が流れはじめた。

「この映画は、僕にとってすごく大きなターニングポイントになる作品になりました。話したい事はたくさんあるんですが、まずは作品を観てください。よろしく」

といつもの静かな口調で言った。

慎のお父さんは、衆院選での選挙違反でいま取り調べを受けている最中だ。公職選挙法違反で起訴される可能性が高いと報道されている。

けど、それについて司会者は触れない。この件に関して、多くのメディアがとっている基本的なスタンス通り……。

最後に司会者が向井監督にマイクを向けた。

「この映画は、とても不器用な恋を描いた作品という事ですが……」

「ええ、器用に生きられない、そんな若者同士の恋を描いています」と監督。

「今回の主なロケ地は、神奈川県の葉山町という事ですが、それは何か理由があっての事なんでしょうか」と司会者。監督は、うなずいた。

「器用に生きられない二人の恋を描くのに、葉山がベストだったんです」

「それはまた……」と司会者。監督は、微笑し、

「葉山という海岸町は、とても不器用な町なのでね……」

「不器用な町、ですか？」

「そう、流行にのって、その姿をどんどん変えていく場所もある。けれど、葉山というのは、そうじゃなくて、いつ行ってもあまり変わらない……。変わらなくてもいいかなと思ってるような、一種ののんびりしたところがあって……。それが僕には、不器用だと感じられるんですね」

監督は言った。司会者が大きくうなずく。

「なるほど……。楽しみですね。わたしも早く観たいです」とまとめた。

そのあと、クリスマス・シーズンに向けた映画公開のインフォメーションなどが流れて、次のニュースに切り替わった。

わたしは、ニンジンを切る手を止めて、テレビを見ていた。

監督が言った〈不器用な町〉という言葉が、心の中に消え残った。何か、漠然と感じていたものが、形になったような……。

珍しく愛も無言でテレビを見ていた。


「あいつ、いやに熱心じゃないか？」と一郎。イカを拾っている愛を見てつぶやいた。

明け方の5時。魚市場。今朝もわたしたちは、店で使う食材を拾いにきていた。

愛は、頭の両側で髪を二つに結んでいる。そうすると、さらに子供っぽくなる。小学校の五、六年生にも見えるし、可愛らしいとも言える。

なので、愛が魚を拾っていても魚市場の人たちも笑顔で眺めている。

その愛は、市場の隅でヤリイカを拾っていた。

ヤリイカは、身が柔らかい。定置網に入ったヤリイカを水揚げするときに、脚が千切れやすい。脚が千切れたのは見栄えが悪いから、東京のスーパーやデパ地下には並ばない。

今朝、魚市場の隅には、そんな〈浜値(はまね)のつかない〉ヤリイカが放置されている。

愛はしゃがみ込み、落ちているイカを拾いポリバケツに入れていた。

それを見た一郎が〈いやに熱心じゃないか？〉と言ったのだ。

そういえば、今日は耕平が野菜を届けにくる日だ。そして、うちの店で晩ご飯を食べる事になっていた。

それがあって、愛は熱心にヤリイカを拾っているのだろうか……。

わたしは、そんな事をさらりと一郎に話す。そこへ、ポリバケツを持った愛がやってきた。

「ヤリイカ、大漁」と言った。

「お前、ボーイフレンドができたのか？」と一郎。

「やだ、そんなんじゃないよ。ただ、同じクラスだってだけでさ」と愛。でも、その顔が少し紅くなっている……。

その夜6時半。

「うめぇ……」と耕平。ヤリイカがたっぷり入ったシーフード・パスタをがつがつと食べている。新鮮なイカとタコを入れたパスタは、確かにいい出来だと思う。プリプリとしたイカやタコの食感と甘みが、耕平のところのトマトの風味によく合っている。わたしと愛も、一緒に食べていた。

「お前、どっか具合悪いのか？」耕平が愛に訊いた。わたしたちが晩ご飯の後片づけをはじめたときだった。

「え？　どうして？」と愛。フライパンを洗っていた手を止めた。

「だって、この前、病院にいたじゃないか」

「病院？」

「横須賀の総合病院で、会計のところに並んでたじゃないか」

と耕平。愛は3秒ほどして、

「あ……お母さんが入院してるんだ。それで……」と言った。

「そうか……」と耕平。

「で、あんたは何か病気？」愛が訊いた。耕平は、首を横に振った。

「おれじゃなくて、親父が緑内障（りょくないしょう）を発症したらしくてさ……」と言った。

わたしは、ドキリとした。緑内障は、かなり深刻な眼の病気……。

わたしのお爺（じい）ちゃんも、緑内障をわずらっていた。心臓病で亡くなる2年前から、片目はほとんど視力を失っていたのだ……。

「緑内障、どの程度なの？」わたしは訊いた。

「うーん、まだそれほど進行してないみたいだけど、いちおうおれが一緒に病院に行ってるんだ」耕平は、淡々と言った。

「あんた、もしかしてお母さんの入院費を？」わたしは、思い切って愛に訊いた。耕平が帰っていった5分後だ。

さっき、耕平が言っていた。愛が、病院の会計のところに並んでいたと……。

「お母さんの入院費、あんたが払ってるの？」もう一度訊いた。

フライパンを洗っていた愛の手が止まった。そして、かすかにうなずいた。

「だって、お父さんにはまだ連絡がとれないし……。でも、入院費は払わなくちゃならないし……」と愛。わたしは、ふと思い出していた。

つい10日ぐらい前。愛が、自分の金庫であるビスケットの缶から、お金を出していたのを、ちらりと見かけた。

そのときは、あまり気にしなかったけど、もしかしたら、それはお母さんの入院費のためだったのか……。

「入院費って、そう安くないいんじゃない？」訊くと、愛はフライパンを洗いながら小さくうなずいた。

「健康保険適用外の治療もあるから……」と言った。

「そっか……」わたしは、つぶやいた。しばらく、考える。

「じゃ、朝のバイト代、１００円上げるよ」と言った。

ほとんど毎朝、わたしと愛は魚市場に行く。放置されている傷物の魚やイカを拾ってくる。その魚拾い1回ごとに、６００円のバイト代を愛に払っている。

「じゃ、明日(あした)から、魚拾い1回で７００円ね」わたしは、愛に言った。１００円の賃

上げじゃ、入院費の足しにはならないかもしれない。それでも、

「……ありがとう……」と愛。「でも、お店の借金返済は大丈夫なの？」と訊いてきた。

「うーん……」とわたし。

つい先月の末、約束の15万円を、葛城の逗葉信金に返済した。すると、店の貯金はかなり淋しくなってしまった。正直言って厳しい……。でも、それを愛に言っても仕方ない。

「まあ、頑張るっきゃないよ」

「全速！」

と一郎。砂浜を駆けるシゲルのスピードが上がった。砂を蹴散らしながら、走る！

土曜の午後3時。うちの前の森戸海岸。

意外にも、あのシゲルが、練習のためにやってきていた。

「それじゃ、まずは足腰のトレーニングだな」と一郎。砂浜でのダッシュからはじめた。

その意味は、わたしにもわかった。砂の上は走りづらい。なので、逆に脚力を鍛え

られる。

　そんな話を、悪友の奈津子に聞いた事がある。

「あと三本！」と一郎。シゲルは、ゼイゼイと息をしながら、砂浜を猛ダッシュ！

飛び散る砂が、遅い秋の陽射しに光る……。ランチタイムの接客を終えたわたしと愛は、それを眺めていた。

「オーケー。足腰のトレーニングを終えたら、つぎは握力の強化だ」

と一郎。シゲルは、ポリバケツに入ったタコを見てギョッとした表情……。

15　タコは、ときどき嚙(か)みつくから

「タコ、見た事ないの？」愛がシゲルに言った。シゲルは、なぜか固まっている。うち〈ツボ屋〉の前の道。青い小型のポリバケツが置いてある。中にはタコが二匹入っている。今朝、一郎から格安で売ってもらった食材だ。シゲルは、それを見て無言……。その表情が硬い。

そうか。わたしは、胸の中でうなずいた。普通の人は、茹(ゆ)で上げた赤いタコしか見た事がないかも……。

いま、バケツに入っているタコは、茹でる前。茶褐色で、ヌルヌルとしている。見ようによっては、グロテスクだ。シゲルは、あきらかにビビっている。

「これね、茹でる前に表面のヌメリを取らなきゃいけないの」と愛。わたしは、タコの上に粗塩(あらじお)を、たっぷりと振りかけた。タコのヌメリには臭

みがあるので、それをとってから茹でるのだ。

「こいつを全力で揉むんだ。握力の強化になる。変化球とか投げられるように……」

一郎が言った。

「ほら、頑張って」とわたし。

シゲルは、ゆっくりとしゃがみ込む。恐る恐るバケツのタコに手を近づけていく。

そのとき、

「タコ、ときどき嚙みつくから、気をつけて」ボソッと愛が言った。タコはもう生きていないのに……。

シゲルが、あわてて手を引っ込めた。そのままの勢いで、尻もちをついた。

みんなの笑い声が、ひんやりしてきた風に運ばれていく。秋が、過ぎ去ろうとしていた……。


「ねえ、これって美味しいのかなぁ……」と愛。鶏の丸焼きを見てつぶやいた。

12月24日。クリスマス・イヴ。

わたしと愛は、葉山町内にあるスーパーにいた。めったに入らない洒落たスーパーなので、愛はキョロキョロしている。

きれいに飾りつけされた店内には、山下達郎のクリスマス・ソングが流れている。

そんな店内を歩いていた愛が、ふと足を止めた。そこは、クリスマス向けの特設コーナー。鶏の丸焼きも、並んでいる。

それを見た愛が、〈これって美味しいのかなぁ……〉とつぶやいた。

「どうだろう……」とわたし。「食べた事ないから、わからないよ」と言った。

それは事実だし、その鶏の丸焼きはわたしたちには高すぎる……。

クリスマスとは言え、うちの経済状態は低空飛行だ。

相変わらず、慎のファンのお客はきてくれる。けれど、毎月15万円を葛城の信金に返済してしまうと、お金はほとんど残らない。

愛も、大変だ。まだお父さんとは連絡がとれず、お母さんの入院費は愛が払っている。ビスケットの缶に貯めている貯金は、どんどん減っているようだ。

おまけに、頭が痛い問題もある。

イナダ釣りのシーズンが、12月初めで終わってしまった。そうなると、タダ同然で手に入る魚がない。

とりあえず、イカとタコのシーフード・パスタの一本やりでお店をやっている。けれど、それにも限界がある。なんとかしなければ……。

わたしは、鶏の丸焼きをじっと見ている愛の手を引っ張る。

「あれは来年ね」と言い、ごく小さな350円のクリスマスケーキだけを買って、スーパーを出た。そのときだった。すごくいい匂いが鼻先をかすめた。

スーパーの駐車場。一台のフード・トラックが駐まっていた。いい匂いは、そこから漂っていた。

真っ青に塗られたフード・トラック。その中で、丸ごとの鶏がゆっくりと回っていた。回しながら焼いているらしい……。愛がそれをじいっと見ている。

「美味しいかな……」とつぶやいた。

「どうかな……」とわたし。

「きっと美味しいんだ……」愛がポツリと言った。少し寂しそうな声だった。

「そうかな……」わたしがつぶやいた。そのとき、

「フリフリチキンか……」という声。一郎が、そばに立っていた。

「ハワイの名物だな」と一郎。

そうか……。プロ野球のチームに入団した春、一郎は海外キャンプでハワイに行った。わたしは、それを思い出していた。

そのフード・トラックにも、ハワイらしいヤシの木が描かれている。チキンを焼い

ている女性も、なんとなくハワイの人っぽい……。

このフリフリチキンは、一羽丸ごと、半身、四分の一などで売ってくれるらしい。

「ねえ、これって美味しいの？」と愛が訊いた。一郎は、愛を見てうなずいた。

「ああ、美味いよ」と言う。わたしが迷っていると、一郎がフード・トラックの人にテキパキと注文しはじめた。

「本当にいいの？」わたしは、一郎に訊いた。彼が、フリフリチキンの半身を買ってくれて、「ほら」と愛に渡したのだ。

「わあ……」と愛の笑顔……。一郎が、わたしの耳元に顔を寄せる。

「たまには、魚やイカタコ以外のものも食いたいだろう。あいつ、フリフリチキン見てヨダレたらしてたぜ」と囁いた。

「え？……」わたしは愛を見た。愛はいま、無邪気な表情でチキンが入った袋を覗き込んでいる。

そのトレーナーの胸あたりに、確かに小さなシミ……。

この子は、しょっちゅう口を半開きにする。それにしても、ヨダレをたらすとは……。わたしは苦笑いするしかなかった……。

「ありがとう」と一郎に言った。彼はうなずく。

「おれは、漁協の仲間と飲み会やるから、これから酒の調達。じゃ」

いつも通り、無駄な事は言わず、一郎はスーパーに入っていった。


「あっ」と愛が足を止めた。「鳴き声……」

わたしにも聞こえた。猫の鳴き声だ。

うちの店に戻るところだった。店の少し手前に、古い別荘がある。もう、5年以上、誰もきていない別荘だ。

鳴き声は、その庭から聞こえていた。か細い声。どうやら、仔猫（こねこ）らしい……。

わたしは、持っていたケーキを愛に渡す。ボロボロの裏木戸の隙間から覗いた。

荒れ果てた庭。枯れた雑草の上に一匹の仔猫がいた。大きく口を開け鳴いている。

1カ月ほど前の事を、わたしは思い出した。

このあたりを縄張りにしているノラ猫のジョーンズが、雌（メス）のノラ猫と一緒にいたのを見かけた。

やがて、三、四匹の仔猫が産まれ、ノラの母猫がこの庭で育てていたようだ。

けれど、いま母猫もほかの仔猫たちもいない。

わたしは、壊れかけた裏木戸を開けて庭に入った。別荘に人の気配はない。まだ小さな仔猫が一匹だけ、雑草の上で鳴いている。

わたしは、その仔猫を抱き上げた。片手にのるぐらい小さい。縞模様の日本猫。もう眼は開いているけど、ヨタヨタと動いている。小さいからなのか、体が弱っているのか……。

「お前の母さん、どこ行ったの……」とつぶやいた。もちろん、仔猫が答えるわけはない。

「どうするの？」と愛。

「このままじゃ、死んじゃうかも……」わたしは言った。関東地方はこれから冷え込むと、天気予報で言っていた。雪が降りそうな寒さになると……。

すでに気温はぐっと下がってきている。

「とりあえず、連れていくっきゃないね」

「可愛い……」と愛。牛乳を飲んでいる仔猫を見ている。仔猫を店に連れてきたところだ。

牛乳を温めて器に入れてあげた。すると、仔猫はかなりの勢いで牛乳を飲む。

小さなピンクの舌で、ぴちゃぴちゃと飲んでいる。空腹だったらしい。やはり、母猫とはぐれてしまったのか……。

「この子、男の子？ 女の子？」と愛。

「タマがついてたら男の子だけど、まだ小さいからよくよく見ないとわかんないよ」

わたしは言った。

その夜7時。予報通り雪が降りはじめた。ホワイト・クリスマスだ……。わたしと愛は、

「美味しいね……」と言いながらフリフリチキンを齧っていた。皮がパリパリと香ばしく、身は柔らかくジューシーだった。

店の床に敷いた古い毛布では、仔猫が丸くなっている。牛乳を飲んで落ち着いたのか、丸くなって眠っている。その口元には、少しだけ牛乳がついている。

森戸海岸からは、かすかな波音が聞こえている。

FMにチューニングしてあるミニ・コンポからは、男性シンガーが唄う〈Amazing Grace〉が静かに流れていた。

「犬猫病院？」と愛が訊いた。わたしは、うなずく。

夜明けの魚拾いから、店に戻るところだった。夜中まで降ってた雪は、すでにやんでいる。

「あの子、とりあえず病院で診てもらわないと……」わたしは言った。

「でも、犬猫病院って診察料が高いんじゃないの？」と愛。

「安くはないわね」わたしは言った。「健康保険がきかないし……」

つい2年前まで、うちと隣りの家で、半ノラ猫の面倒を見ていたのだ。

その猫の具合が悪くなると、近所にある〈中沢動物病院〉に連れていったものだった。

中沢先生という、かなり年寄りのお医者が診てくれた。その中沢先生は、うちのお爺ちゃんと仲が良かった。店のお客でもあった。

先生は奥さんに先立たれて一人暮らし。なので、よくうちの店にきて飲んだり食べたりしていた……。

そんな話をしながら、わたしと愛は店に戻る。仔猫は、まだ毛布の上で眠っている。

「海果ちゃん、久しぶりだね」と中沢先生。

わたしと愛は、魚拾いに使う小型のポリバケツに仔猫を入れて連れてきたところだ。

先生は、この2年でまた白髪がふえ、かなり度の強い老眼鏡をかけている。

わたしは、先生に事情を話し、仔猫を診てくれるように頼んだ。

「とりあえず、健康状態に問題があるわけじゃないよ」と中沢先生。診察を終えて、

「ただ、かなり栄養失調ぎみだから、ちゃんと食べさせてあげてね」と優しく言った。

仔猫は、女の子だった。生まれて約1カ月。それは、診察でわかった。そして、会計。やはり、かなり高い……。すると、

「あの、これ……」と愛が手製のチケットを先生に差し出した。

〈ツボ屋パスタ券　1500円相当〉と描いてある。愛が描いたタコとイカとトマトのイラスト。さらに、

〈シーフード・パスタにグラスワイン付き〉と小さく描かれている。そのチケットが三枚、クリップでとめてある。

「あの……これ、診察料の一部にしてもらえない？」と愛が言った。

16 吾輩(わがはい)は猫であり、名前はサバティーニ

「ん？」と中沢先生。けげんな表情。

老眼鏡をかけなおして、そのチケットを見ている。

「確かに、ツボ屋さんのパスタは美味しいけど……」とつぶやいた。

「それが、最近はまたバージョンアップして、美味しくなったの」と愛。ＩＴ関係の知識が豊富なので、バージョンアップなどという言葉が出てくる。

「普通、パスタだけで１３５０円なんだけど、ワインもついて１５００円！」

愛が一生懸命な表情で言った。

先生は、老眼鏡ごしに、そのチケットを眺めている……。

やがて……苦笑い……そして本当の笑顔になった。

「わかったよ、じゃ、このチケットを使わせてもらうかな」と言って、愛の頭をなで

た。

結局、チケット三枚4500円分、診察費をおまけしてくれた。診察費は、ほぼ半分になった。

「大成功」と愛。

「やってみるもんだ」とわたし。仔猫(こねこ)を入れたポリバケツを二人で持ち、店に戻る……。

「たくさん食べるんだよ」とわたしは仔猫に言った。

夕方の5時。店で、仔猫にご飯を食べさせていた。

器に入っているのは、焼いたサバだ。今朝、魚市場でもらってきたサバ。それを素焼きにしたものだ。中沢先生によると、もう普通のエサをあげて大丈夫だという。

猫には、イカやタコはあげない方がいい。それは知っている。あと、塩分は良くない。

なので、サバをシンプルに網で素焼きにした。

小骨をとり、細かくほぐしたサバの身を器に入れてあげると、仔猫はハグハグと食べはじめた。それを眺めて、

「そうだ、この子に名前つけてあげなきゃ……」と愛。「〈吾輩〉の猫みたいに名前な

しじゃ可哀想だもんね」と言った。

愛がいま読んでいるのは、夏目漱石の『吾輩は猫である』だ。

「そうだね……。模様はサバだけど……」とわたし。

「そっか、サバ猫がサバ食べてるんだ」と言って愛が笑った。

色が濃くて、縞模様。こういう猫は、よく〈キジ猫〉とか〈キジトラ〉とかと呼ばれる。

けど、葉山のような海岸町では〈サバ猫〉と呼ばれている。体の縞模様が、魚のサバを連想させるからだ。

「サバティーニ?」わたしは訊き返した。

「そう、洒落た名前がいいよ。だからサバティーニってどう？　お父さんがたぶんジョーンズなんだし」と愛。

「うん、悪くないかも、可愛いし……。じゃ、それでいこう」とわたし。仔猫に向かい、

「お前、今日からサバティーニちゃんだよ」と言った。

当のサバティーニは、お腹が一杯になったのか、小さな前足で顔を撫でている……。

「あまっちゃったね……」わたしはつぶやいた。

サバティーニはまだ仔猫なので、サバ一匹の三分の一ぐらいしか食べられない。

調理台には、素焼きにしたサバの身がかなり残っている。

「これ、どうするか……もったいないな……」わたしはつぶやいた。

つぶやいているうちに、何かがひらめいた。漫画だと、頭の上で電球がピカリとついた、あの感じだ。

「そっか……サバっていう手があったんだ……」とつぶやいた。5分ほど考える……。

やがて、わたしはスマートフォンを手にした。一郎にかけた。

「ちょっと相談が……」

「ああ、おれもビール飲みに行こうと思ってたところだ」


「サバ猫のサバティーニか、そりゃいいや」と一郎。笑いながら、毛布の上にいる猫の頭を撫でた。サバティーニは、まだ細く短いシッポを振っている。

「で、相談って？」

「それが、そのサバの事なんだけど……」わたしは、一郎にビールを出してあげながら口を開いた。

「このところ、サバがたくさん獲れるって言ってたよね……」

「ああ、生命力の強い魚だから、もともとよく定置網に入るんだけど……」と一郎。

サバは、最も漁獲量が安定してる魚だという。

「ところが、最近じゃ獲れすぎて、浜値が落ちるわ落ちるわ……」

「で、そのサバを漁協では？」

「出荷しきれないほど獲れるから、先週から缶詰を製造してる会社に売ってるよ」と一郎。

　なるほど、サバ缶用か……。

「その缶詰用は、いくらで売ってるの？」と愛が訊いた。

「ひどく安いよ。もちろん10キロ単位で売るんだけど、一匹にすると40円とか50円だなろうな……」と一郎。愛が、わたしを見た。〈しめた〉という顔……。

「あの……それ、売ってくれるよね？」と愛が訊いた。

「もちろん。そうだな……一匹40円でいいよ」と一郎。

「一匹、30円」と愛。一郎は、軽く苦笑い……。

「まあいいよ。サバにしたって、缶詰になるより、レストランで使われた方がいいだろうしな」と言いビールをぐいと飲んだ。

　鯛やヒラメに比べれば、サバは、もちろん大衆魚だ。

それはそれとして、あまり消費が伸びない理由がある。

その理由は、〈足が早い〉、つまりいたむのが早い事だろう。

確かに、サバは鮮度が落ちるのが早い。一般の主婦などに敬遠される理由は、まずそれだ。

酢を使った〈しめサバ〉がポピュラーだけど、その理由は鮮度の問題。酢でしめないと、鮮度が保てないという面がある……。

ただし、それは水揚げしてから台所に行くまでに、時間がかかるからだ。

たとえば葉山のような海岸町なら、その日に獲れたサバをその日に料理できる。

なので、うちではしめサバを作った事はなく、いつも刺身で食べている。

そう考えると、なんとかなりそうだ。イナダが獲れなくなったこれからのシーズンを、サバのメニューで乗り切れるかもしれない。

もちろん、料理法は工夫しなきゃならない。〈しめサバ〉や〈サバの味噌煮〉じゃ平凡だし、都会から来るお客にはうけないだろう……。

わたしは、店に流れる〈All My Loving〉を聞きながら、メニューを考えはじめた……。


その、ミュージシャンみたいなお客が来たのは年末だ。

12月28日。午後の8時過ぎだった。

うちの店も、今日で今年の営業を終わりにするつもりだった。

わたしは、カウンターの中で鍋（なべ）を洗っていた。すると、店のドアが開いた。森戸海岸からの海風とともに、一人の若い男が入ってきた。

「お店、まだやってる？」と訊いた。わたしは、一応うなずいた。なんとか食材はある。

それにしても、男一人の客は珍しい。

慎ちゃんファンの女性客たちは、二人組や三人組でやって来る。そんな女性客とボーイフレンドらしいカップル客も最近はふえてきた。

けど、男一人の客は珍しい。

彼は長い髪を後ろで一つに束ねている。その昔、J（ジョン）・レノンがかけていたような、丸っこい眼鏡をかけている。

ぱっと見は、ミュージシャンとか音楽関係者……。

「何にします？」わたしは、カウンター席に腰かけた彼に訊いた。

「イサキなんてあるかな？」と彼。

「イサキ？」わたしが訊くと、彼はうなずいた。

「そう、7月の末にご馳走（ちそう）になって、すごく美味かったから……」と言った。

「7月？」わたしは思わず訊き返した。そのとき、風呂場の掃除をしていた愛が、

「え？　慎ちゃんの声……」と言いながら店に姿を見せた。

「慎ちゃん？」とわたし。愛は彼を見ると、

「わからないの？　ウミカのボケナス……。慎ちゃん本人じゃない」と言った。

わたしは、あらためて彼を見た。そして、口を半開き……。

「全然、わからなかった……」わたしは、つぶやいた。彼は、J・レノン風の眼鏡を外し、

「イメチェンは大成功だったね」と言った。……確かにその端整な顔は慎だ。

でも、覚えている慎とはまるで違う。

以前は、ウェーブした長めの髪が顔にかかって、独特の翳りを感じさせた。

いま、髪はぴっちりとまとめ、後ろで束ねている。そして、何より色白だった顔が、かなり陽灼けしている。

繊細な都会育ちの青年というイメージは、もうない。

「3日前に帰国したんだけど、東京の街を歩いてても、横須賀線に乗ってても、誰にも気づかれなかったよ」と慎。陽灼けした顔の中で、白い歯が光った。

「そっか、お帰り……」とわたし。

「ただいま……」と慎が笑顔を見せた。

わたしは、やっと思い出した。あれは7月の末。慎が日本を発つ日、うちの店にやってきた。わたしは、白身魚のイサキでお茶漬けをつくり、慎は、〈美味しい……〉と言ってくれた。

そして慎は、明け方、デイパックをかついで空港に向かったのだった……。

「とりあえず、何が食べたい？」とわたし。慎は3秒ほど考え、

「とにかく刺身」と言った。

「東南アジアの食べ物も美味いんだけど、主に滞在してた小さな村では、魚を生で食う習慣がなくてね……」

と言い、少し苦笑いした。そのとき、わたしは気づいた。

慎が口にした〈美味い〉と〈食う〉という男っぽい言葉……。

以前の彼なら、〈美味しい〉〈食べる〉と言っただろう。

やはり、慎は変わった。〈繊細過ぎるほど繊細な青年〉から、一人前の男に変わりはじめているようだ……。

「ああ……美味い……」と慎。箸を手に、ため息をついた。

冷蔵庫にホウボウがあった。今朝、魚市場で拾ったものだ。ホウボウは一般の人にとって見慣れない魚。普通の主婦は、そのさばき方もわからないだろう。なので、市場から出荷できない。

市場の床に放置されていたそのホウボウを、わたしは拾ってきたのだ。

美しい白身のホウボウを、薄造りにして慎に出してあげた。彼は、それをワサビ醤油につけ口に入れた。そして、〈ああ……〉とため息をついた。

それは、どんな褒め言葉よりリアリティーがあった。そして、

「よかったら、一杯飲みたいな。日本酒か焼酎……」と慎。

「あれ？　慎ちゃん、未成年じゃなかった？」わたしは言った。

17　その手は、希望という名の苗を植えている

彼は、確か19歳だったはずだ。

「タイにいるとき、20歳になったんだよ」と慎。

「タイで……」

「ああ、バンコク郊外の小さな村に泊まってるときにね」

と慎。わたしは少し無言……。

「海外で誕生日を過ごすって、寂しくなかった？」と訊いた。すると、慎はまた苦笑い。

「一人っきりの誕生日なんて、とっくに慣れてるよ」と言った。

「そっか……」わたしは、つぶやいた。

彼の生い立ちや育った環境を思い出していた。人気俳優という華やかさとは裏腹の、

その孤独感を想像していた。店に、B・スキャッグス(ボズ)のバラードが静かに流れている……。

「慎ちゃんのブログ、すごい人気だね」愛が言った。

確かに。再開した慎のブログには、すごい数のリアクションがある。以前より、あきらかにリアクションの数がふえている。

あの、エビを網から外しているお父さんと息子からはじまった、東南アジアの画像と、短いけど心のこもった文章……。

内海慎の『まえむきダイアリー』として、毎週のように更新されている。

その中でも、わたしの心を打ったのは、田んぼの画像だ。

タイの田舎らしい風景。背景には水牛らしい牛が写っている。

そんな広い田んぼで田植えをしている若いタイ人の女性……。質素なTシャツ。膝(ひざ)たけのスカート。

褐色の肌をした彼女は、一生懸命に田植えをしている。慎のカメラは、そんな姿をとらえていた。

カメラに気づいた彼女は、照れたような微笑をレンズに向けている。真っ白い歯が、眩(まぶ)しく光っている。

そのすべすべとした腕や首筋には、汗が光っている。生命力と逞（たくま）しさを感じさせ、同時に美しい……。素人のわたしから見てもいい写真だった。

その写真の下に、三行の文章。

『君のその手が植えているのは、
　ただの苗ではなく、
　　明日（あした）へと続く希望かもしれない』

シンプルだけど、それだけに、慎が伝えたいメッセージが心の深いところまで届いてくる……。そんな三行だった。

「でも……どうしてブログを再開したの？」とわたし。「お父さんの選挙違反騒ぎが何か関係してる？」と訊いた。

お父さんの疑惑をマスコミが報道しはじめた頃に、ブログが再開されたからだ。

けれど、慎は首を横に振った。

「まるで関係ないよ。ブログを再開したきっかけは、これなんだ」と言った。かたわらに置いたデイパックから、一冊の本を取り出した。

「これ、写真集？」わたしは訊いた。

慎は、レモンのスライスを浮かべた焼酎のオン・ザ・ロックを手にうなずいた。

「ヴェトナムに着いて二日目、サイゴンの街を歩いてて、一軒の古本屋でこれを見つけたんだ」と言った。

写真集らしいその一冊は、確かに古本らしく、かなり色褪(いろあ)せていた。

「１９７６年、ヴェトナム戦争が終わったすぐ後に出版された写真集なんだ」と慎。

それをカウンターに置いた。

「ヴェトナム戦争……」わたしは、つぶやいた。

かつて１９５０年代から70年代にかけて、激しい戦争がヴェトナムで展開していた、
それは知識として知っている。

「で、これは従軍カメラマンとして、あのヴェトナム戦争の現場にいた人が出した写真集なんだ」

「従軍カメラマン……」わたしは、つぶやいた。その写真集の表紙を見た。タイトルは、

『True Moments』

わきから覗いていた愛が、そのタイトルを見て、

「トゥルー・モーメンツ……真実の瞬間たち……」とつぶやいた。

その下に、カメラマン本人らしい著者の名前。

『Nguyen Van Tien』

どうやら、ヴェトナムの人らしい。これは、英語の得意な愛も読めない。

「正確な発音じゃないけど、グエン・ヴァン・ティエンというカメラマンらしい」と慎。

その表紙には、一枚のモノクロ写真……。

兵士らしいヴェトナム人。まだ二十代だろうか。ヘルメット、戦闘服。小銃を持ち、壊れかけた木の椅子に腰かけている。

そのそばには、一匹の小型犬がいる。黒っぽい色の雑種に見えた。

犬を連れた兵士は、静かな表情でカメラを見ている。戦いの合間の静寂の一瞬なのだろうか……。

「その古本屋の、年を取ったオヤジが、片言の英語で話してくれた」と慎。

「あのヴェトナム戦争では、多くの兵士が動物を連れてジャングルを転戦していたらしい。犬、猿、小鳥、モルモットとか……」

「へえ……」とわたし。意外な話だった。

「ペットというのと少し違うと思うけど、何か生き物と一緒にいる事で、戦争の恐怖を和らげていたのかもしれないと、そのオヤジは話してくれたよ」と慎。

ふと、店の隅で寝ているサバティーニを見た。そして、

「動物は、心を癒してくれるからね……」と言った。

「それで、この犬……」と、わたしはつぶやいた。あらためて、兵士と、そばにいる小型犬を見た。

慎は、うなずく。そして、写真集の表紙をめくった。そこにあるモノクロ写真を見て、わたしは思わず息を呑んだ……。

土の上に、十字架らしいものがあった。木の枝を組んだ、粗末な十字架が土の上に立っている。

そのそばに、あの黒っぽい犬が座っていた。表紙にいた小型犬。兵士と一緒に写っていた犬だ。前足を揃えて座り、十字架をじっと見つめている……。

わたしは、固まり、その写真を見つめていた……。

「……この兵隊さんは……」とつぶやいた。

「天国に旅立った、あるいは土に還ったんだ……」と慎。ゆっくりと、オン・ザ・ロックのグラスを口に運んだ。わたしの心が、震えた。

「おれも、これを初めて見たときは鳥肌が立って、息が苦しくなったよ」と静かな声で言った。やがて、

「……でも、きっとこれが真実の瞬間なんだ……」という声。

愛がつぶやき、その写真を見つめている……。やがて、グスッ……という音。愛の目が赤くなり、頬に一筋の涙が流れている……。

「残されたこの犬、どうなったんだろう……」と愛。鼻にかかった涙声でつぶやいた。

わたしも、同じ事を考えていた……。

「こういう場合は、仲間の兵士が面倒を見るようだけど、いずれにしても彼は帰ってこない……」慎が言い、愛の細い肩をそっと抱いた。

「そう……見るのは辛いけど、まぎれもなくこれが真実なんだ……」とつぶやいた。


それから30分以上が過ぎた。慎はホウボウの刺身を口に運び、オン・ザ・ロックを飲んでいる……。

かなり落ち着いたわたしは、写真集のページをめくっていた。全部がモノクロ。それが、かえってリアリティーを感じさせた。

まるで昨日の事のように……。

戦闘の写真は一枚もない。戦場で日々を送っている兵士たちの一場面、一場面を、ていねいに撮っている。

銃の手入れをしている兵士。アルミの鍋から何か食べている兵士。うつむいて手紙を書いている兵士。膝にのせたモルモットにエサをあげている兵士……。

そんな写真が、最後まで続く……。

「ヴェトナム戦争では、多くの戦場カメラマンが沢山の写真を残した……。戦争の悲惨さを訴えるショッキングな写真が多いんだけど、彼ティエンはヴェトナム人だけに、祖国のあまりに悲惨な場面を撮った写真は、あえて発表しなかったのかもしれない……」

慎はつぶやいた。

たぶん、そうなのだろう……。わたしも愛もうなずいた。

それにしても……胸を打つのが、十字架のそばに座っている犬の写真だ。静かな写真だけに、その一枚が語っている事実が胸に迫る……。

「……これを見て、ブログを再開する事に？」

わたしは、写真集を眺めて慎に訊いた。慎は、微かにうなずいた。

「もちろん、おれは戦場カメラマンじゃない。でも、自分なりの〈真実の瞬間たち〉

と言った。わたしは、胸の中でうなずいていた。それを聞くと、慎が更新しているブログが、なるほどと思えた。

「汗をかき真剣に働いている人たちの姿……。それも真実の瞬間だものね……」

わたしは言った。慎は、うなずいて、二杯目のオン・ザ・ロックを飲み干した。

グラスをカウンターに置いた慎は、私を見た。

「久しぶりに、日本の潮風に当たりたいな……。砂浜に行かないか」と言った。

わたしは、うなずいた。エプロンを外す。慎と一緒に店を出ようとした。すると、愛が店のメモ用紙に走り書きした。

〈急展開してキス・シーンとかになるかも。歯を磨いていけば？〉

わたしは苦笑い。愛の頭を突ついた。

「俳優の仕事を休む？」わたしは、思わず訊いていた。慎が、無言でうなずいた。

うちの店から歩いて20秒。森戸海岸の砂浜だ。

冬の夜にしては、それほど寒くない。濃紺の夜空に半月が出ている。小さな波が、スロー・バラードのようにゆったりと砂浜を洗っていた。

彼方では、江の島の灯台が、10秒おきにまたたいている……。

「この5年、ほとんど休まず仕事をしてきたよ」と慎。わたしは、うなずいた。確かに、15歳で売れっ子の俳優になってから、映画やドラマへの出演や主演がずっと続いていたようだ。

「この辺で、少し休んで考えてみたいんだ」

「考える？」

「ああ……自分は何者で、どこを目指しているのか、そんな事を考える時間が必要だと思う」と慎。海風が砂浜を渡り、一つに結んだ彼の髪を揺らせた。

「……それって、東南アジアを旅して感じたの？」とわたし。慎は、うなずいた。

「良くも悪くも平和で、何もかも曖昧な日本にいては体験出来ない事を、いろいろと体験したしね」

「……あのヴェトナムの写真集も含めて？」わたしが訊くと、慎はまたうなずいた。

「あれも大きかった……」

「ショック？」

「ショックでもあったし、自分が目指すものが、ほんの少し見えてきたような気がしてね」

という事は……。

「写真を将来の仕事に？」わたしは訊いた。慎は、しばらく無言……。「その事で、君と話をしたかったし、相談もしたかったんだ」

「相談?……」

また海風が吹き、わたしの前髪が揺れた。

「来年の4月からはじまる連続ドラマに主演する事になってるんだ」と慎。「その仕事をやるべきかどうか、君の意見を聞きたくて」と言った。

18　君の心は無添加(むてんか)だから

「……それって、どんなドラマなの？」わたしは訊いた。

「まあ、いわゆるラブコメだなあ。若い男と女が、くっついたり離れたり……」と慎。微かに苦笑した。

「それに出演が決まってたの？」

「一応ね。でも、いまは迷ってる。出るかどうか……」と慎。わたしは、うなずいた。

「でも、4月からはじまるドラマなら、もう決めなきゃいけないんじゃないの？」と言うと、慎はうなずいた。

「今年中、つまりあと3日以内に決めなきゃまずい」

「あと3日……」

「もっとも、親父の選挙違反騒ぎがはじまった頃から、テレビ局は代役の準備をしてるらしいけど」

「代役……」

「ああ、この3日以内におれが出演を断れば、すぐに代役の俳優さんで、制作発表するんだろうな」と慎。

「だから、出演するもしないもこちら次第でさ……。そこで、君に相談。この仕事を受けるかどうか……」と慎。わたしは、彼の横顔を見た。

「そんな大事なことを、わたしに？」とつぶやいた。

「大事なことだから君の意見を聞きたいのさ」慎は言った。

チカッと江の島の灯台が光った。

「なぜ君に相談するのか……。それは、君ほどピュアな人がおれの回りにいないからさ」

「ピュア？」わたしは訊き返した。

「う̄ん、ピュアっていうのは平凡かな……。じゃ、こう言えばわかるかな。君の心は、無添加。余分な添加物が混ざっていない」

「……心が無添加……」わたしはつぶやいた。

「そう、ほとんどの人の心には、いろんな添加物が混ざっている。見栄や欲や……思惑やら、損得勘定やら……そんな添加物がね……。でも、君の心にはそんな添加物が入ってないように思えるのさ」

慎はつぶやいた。そう言われても……。

〈ピュアっていうより、ボケナスだから〉と言いかけて、わたしは無言……。ただ、月の光を照り返している海を見つめていた。

海面でボラらしい小さな魚がジャンプした。海面に散った水飛沫が月の光に輝いた。

「あの……難しい事や、芸能界の事はよくわからないけど、映画〈いつか君と見た水平線〉はすごく良かったわ」わたしは、やっと口を開いた。そして、

「ラスト・シーンでは思わず泣いちゃった……」とつぶやいた。慎が、うなずいた。

「慎ちゃんには、ああいう映画に出て欲しいな……。内容があって奥が深い映画に………」

とわたし。

「もちろん、軽いラブコメが悪いってわけじゃないんだけど、そういうのはほかの俳優さんに任せてもいいような気がする……」と言った。

慎は、海を眺めたまま、ゆっくりとうなずいた。

「その通りだな。じゃ、決まりだ」

「え？　ホントにいいの？」

「いいさ。君のそんな言葉が聞きたかった……。無添加な君の言葉に、背中を押して欲しかったんだと思う」

と慎。その左手が、わたしの肩をそっと抱き寄せた……。

あの歌詞ではないけど、わたしの心臓のＢＰＭは上がりはじめた……。

慎はじっとわたしの肩を抱いている……。そんな慎の体つきは、少し逞しくなったように感じられた。

７月末、日本を発つ日の夜明け。その別れぎわに、慎はわたしの体を抱きしめた。そのときに比べ、慎の腕や胸は少し逞しくなった感じがする。

やがて、わたしの心は、じっとりと汗ばんできた……。頬が、熱を持っている……。けど、愛が言うようなキス・シーンにはならないようだ。慎は相変わらずわたしの肩を抱いている……。

森戸海岸の小さな波がリズミカルに砂浜を洗っている。ひんやりとした海風が、わたしの前髪を揺らしている……。

またボラが跳ね、海面に映っている金色の月明かりが散った。

「あ、サバティーニが鳴いてる」と愛が言った。ベッドでむっくりと起き上がった。

1月の中旬。一年で最も寒い季節だ。

わたしと愛は、一つのベッドで寝ていた。これには理由がある。

うちは、なんと言っても安普請。冬になると、すきま風も入ってくるので寒い。そこで、寝るときには電気毛布が必要になる。

「でも、一人に一枚の電気毛布は光熱費の無駄遣いだよ」と経理部長の愛。それは確かに一理ある。

そこで、わたしたちは、一つのベッドに一枚の電気毛布を敷き、体を寄せ合って寝ていた。

それでも、愛の体がまだ小柄なのでなんとかなっている。

そんな1月の夜中。サバティーニの鳴き声が一階から聞こえた。ミャー、ミャーと……。

サバティーニは、一階の店の隅で寝ている。段ボール箱の中に毛布を敷いた、その上で寝ている。

「きっと、寒いんだ……」と愛。ベッドから出ていった。一階におりて行き、サバティーニを抱きしめて戻ってきた。

「まだ小さいから、階段が上がれないみたい。階段の下で上を向いて鳴いてた」と愛。

サバティーニをそっとベッドに入れてあげた。サバティーニは、わたしと愛の間に寝かせると、体を丸めた。

やがて、安心したのか、スースーと小さな寝息をたてはじめた。

この子がうちに来たのは、12月24日、クリスマス・イヴだ。

「もしかしたら、この子、サンタクロースのプレゼントかもしれないね」と愛が珍しく可愛い事を言った。

やがて、愛も口を開いて小さなイビキをかきはじめた。わたしも、新しいサバのメニューを考えながらウトウトと眠りはじめていた……。

わたしたち二人と一匹は、一枚の電気毛布の暖かさに包まれて眠りに落ちていった。

外では小雪がちらついているようだ。けれどツボ屋では、ほんの少し温かい冬が過ぎていく……。


キイッとドアが開いて耕平が入ってきた。

夕方の5時頃だ。耕平は、野菜の入った段ボール箱をかかえている。

「ご苦労さん」とわたし。「愛はいま、ワカメ拾いに行ってるわ」と言った。

そろそろ2月後半。春ワカメの季節がはじまろうとしていた。漁師たちは、小船を出しワカメ採りをはじめた。

そして、千切れたワカメが砂浜にも打ち上げられている。いま、愛は食材になるワカメを拾いに行っている。親友のトモちゃんに手伝ってもらって……。


「あの……これ……」と耕平。一冊のノートを差し出した。

「貸してもらったノート」と言った。どうやら、英語のノートだ。

「これ、愛に借りたの？」訊くとうなずいた。

口数の少ない耕平は、それでもポツリポツリと話しはじめた。

彼のお父さんの緑内障は、少しずつ進行しているという。午後になると眼が疲れ、視界がぼやけはじめるらしい。

なので、耕平はよく5時限目や6時限目をさぼって家に帰る。そして、お父さんの手伝いをするという。

「で、さぼった分のノートを愛に借りて？」わたしがつぶやくと、耕平はうなずいた。

わたしは、耕平からノートを受け取った。そのとき、何かがはさまっているのに気づいた。

ノートのページを開くと、千円札が一枚はさまっていた。

「これを愛に？」とわたし。耕平は、うなずいた。わたしは絶句。同級生にノートを貸すのはいいけど、お金を取るとは……。

「愛のやつ……」わたしはつぶやいた。すると、

「あいつを叱らないでくれないかな」と耕平が言った。

「病院で？」わたしは訊き返した。耕平が、うなずく。

彼がお父さんの付き添いで横須賀の総合病院に行ったとき、また愛の姿を見かけたという。

「あいつ、会計で金を払ってたんだけど、それが……」

耕平は、説明しはじめた。そのときの愛は、お母さんの入院費を払っていたらしい。

「でも、あいつ、財布をひっくり返すみたいにして払ってた」と耕平。愛は、財布に入っている小銭までかき集めて入院費を払っていた様子だったという。

「しかも、帰りのバス代もけちってたみたいで……」と彼。

その病院は、JRの横須賀駅からバスで3駅ほど先だという。

「おれと親父がバスで帰っていくとき、歩いてる愛を見たんだ」

「バス代を節約して？」

「たぶん……。真冬で、からっ風が吹いてる寒い日だったけど、あいつ背中丸めて歩いてた……」と耕平。わたしは、息を呑んだ。たいして暖かくない通学用のジャージ

を着て、背中を丸めて歩いている愛の姿を思い浮かべた……。

愛には、バイト代を払っている。

毎朝、魚市場に魚やイカを拾いに行く。そのたびに、700円を払っている。

それと、店を手伝ってくれている事に対して、毎月の売り上げからバイト代を払っている。

けれど、毎月15万円の借金返済をすると、たいした金額を愛に払えてはいない。

それに比べ、悪性リンパ腫にかかっているお母さんの入院費は、かなり高いのかもしれない。お父さんとは、まだ連絡がとれていないというし……。

「で……少しでもノートの借り代を払うからって、おれの方から言い出したんだ」と耕平が言った。やがて、わたしはうなずいた。

「そう……。愛はいい友達を持ったのね。君は勉強熱心だし……」と言った。耕平は、小さくうなずき、

「いずれは、大学の農学部にいきたいから……」とつぶやいた。

そのときだった。ドアが開き、ポリバケツを持った愛とトモちゃんが帰ってきた。

「かなり採れたよ」と愛。ワカメの入っているポリバケツを手に無邪気な笑顔を見せた。

わたしは、ワカメを鍋に入れた。熱湯に入れると、黒っぽかったワカメが、一瞬で鮮やかな緑色になる。

春の生命力を感じさせる匂いが立ちのぼった……。そうしてさっと湯がいたワカメは、ザルに上げた。これで、サラダにできる。

店のテーブルでは、愛と耕平が一緒にノートを覗き込んでいる。

「そこは複数形だから、Sがつくんだよ」と愛が英語の説明をしている。

「ちょっと、足を洗っていい？」とトモちゃん。ビーチサンダルでワカメ拾いをしてきたので、足に砂がついたらしい。

「じゃ、風呂場で洗えば」わたしは言った。トモちゃんを店の奥にある風呂場に連れて行った。シャワーの使い方を教えてあげる。

でも、トモちゃんの足にはそれほどの砂がついていない。それを言うと、

「気を遣ったの」とトモちゃん。目で店の方をさした。

「気を遣った？　愛と耕平に？」訊くと、トモちゃんはうなずいた。

19　放っておけないんだよ

「え？　あの二人、いい感じだとか？」

わたしはトモちゃんに訊いた。彼女はうなずき、

「ちょっとね……」と言った。

「学校でも親しくしてるの？」

「けっこう、仲良くしてるよ。耕平って、無口なやつなんだけど、愛とだけはよく話してる」とトモちゃん。わたしは、うなずいた。店では、愛が耕平に英語の説明をしている声が聞こえている。

「それは接続詞（せつぞくし）だからさ」などと……。

「カピバラに会いに？」わたしは一郎に訊き返した。

3月の第1週。今日も、魚やイカを拾うために明け方の魚市場にいた。

すると、一郎が声をかけてきた。〈カピバラを見にいかないか〉と……。

葉山から三浦半島をかなり南に行くと、広い観光施設がある。

観覧車、花畑、キャンプ場などなど……。そこでは、カピバラを何匹か遊ばせているらしく、直接カピバラに触ることも出来るという。

「お前、本物のカピバラと対面した事ないだろう」と一郎。

「まあ……」わたしは、うなずいた。

中高生の頃からボサッとしていたので〈カピバラ〉というあだ名で呼ばれていた。けれど、本物のカピバラに会った事はない。

「来週の木曜、お前の誕生日だってな。その日、カピバラを見に行かないか？」と一郎。

「え？」わたしは、つぶやいた。確かに来週の木曜は、わたしの19歳の誕生日だ。でも、なぜ一郎がそれを……。

わたしが怪訝そうな顔をしていると、一郎は愛を目でさした。魚市場の隅で、ヤリイカを拾っている愛……。

「あの子が教えたのか……」わたしは、つぶやいた。一郎はうなずく。

「まあ、あいつなりに気をきかせたらしい」と苦笑し、「たまには気分転換もいいんじゃないか？」と言った。それは確かに……。


「一郎とカピバラを見たあとは、どうするの？」と愛が訊いた。

翌週の木曜。わたしが出かける支度をしているときだ。

「あそこまで行くんだから、三崎まで行って何か食べようって……」三崎は、三浦半島の最南端にある。マグロで有名な町だ。

「そっか……」と愛。「わたしはサバティーニと留守番してるから、なんなら朝帰りしてもいいよ」と言った。わたしは苦笑い。

「ほっといて」と愛の頭を突ついた。そのとき、一郎が運転する軽トラが店の前に停まった。

「そんなに似てる？」わたしは、カピバラの頭を撫でながら一郎に訊いた。

一郎は、ニヤニヤしてわたしとカピバラを見ている。

「そのボサッとした雰囲気が、瓜二つだね。お前、前世はやっぱりカピバラだったんだよ」と言った。

わたしは少しむくれながらも、そばにいるカピバラを撫でていた。

少し大きめの犬ぐらいの体格だ。カピバラは実はネズミの仲間で、その仲間では世界で一番大きいという。顔は確かにネズミとかモルモットのような雰囲気がある。黒い眼はなかなか可愛い。

そして、何と言っても特徴は、そのぼんやりとした雰囲気だ。ノロノロと動き、もちろん鳴いたりはしない。

起きて立っているのに、居眠りしてるようでもある……。

「四本足のカピバラと二本足のカピバラの奇跡的なツーショット」と一郎。笑いながら言った。そして、スマートフォンで、カピバラとの記念写真を撮ってくれた。

「へえ、〈ツナ・デリ〉……」わたしは、その看板を見てつぶやいた。

カピバラのいた観光施設から30分ほど三浦半島を南下し、三崎の町に来ていた。ここで、少し遅めのお昼を食べようとしていた。

漁師でもある一郎は、三崎の町をよく知っているようだ。裏通りに軽トラを乗り入れる。

そして〈ツナ・デリ〉という店の前で停めた。

三崎といえばマグロなので、マグロを出す店は多い。けど、ほとんどが和食だ。

〈大トロの刺身〉〈マグロ丼〉〈マグロのカマ焼き〉などなど……。

でもこの〈ツナ・デリ〉は、かなり違うようだ。店がまえからして、イタリアン・レストランのようだ。わしたちが店に入ると、

「よお、一郎」とカウンターの中にいるコック服の人が言った。一郎は、うなずく。

「いつも通り、よろしく」とだけ言った。わたしたちはテーブルにつく……。

「なるほど……」わたしはつぶやいた。

まず出てきたのは、〈ツナのカルパッチョ〉。脂の少ないマグロの赤身を薄くスライスし、きれいに盛りつけてある。そこに、オリーブオイルがベースと思えるドレッシングをかけ、ケッパーを散らしてある。

口に入れると、黒コショウの香りも広がる……。経験した事のない風味だった……。

つぎに出てきたのは、〈ツナのスペアリブ〉。骨つきのマグロ肉、それにタレをつけ香ばしく焼いてある。

「美味しい……」わたしはつぶやいた。ほとんど無言でフォークやナイフを動かしていた。

「お腹いっぱい……」とわたし。「ご馳走さま……」と一郎に頭を下げた。

〈ツナ・デリ〉では彼がさっさと支払いをすませたのだ。

「まあ、いちおう誕生日だしな」と一郎。前の海面を眺めている。

わたしたちは、三崎漁港の岸壁に腰かけていた。すでに春を感じさせる陽射しが、港の海面に光っている。

「いまのお店、すごく参考になった……」とわたし。一郎はうなずく。

「お前が、サバを使ったメニューを考えるのに苦労してるみたいだからさ」と一郎は微笑した。

葉山に比べるとかなり広い港。その対岸には、大型の船が着岸している。〈第十二翔洋丸〉と船首の方に描かれている。どうやら、インド洋などの遠洋まで行きマグロを獲ってくる船らしい。

そんな船の船倉から、マグロが引き上げられていた。大型のクレーンが、冷凍したマグロを吊るして陸揚げしている。

１００キロ以上ありそうなマグロ。カチカチに冷凍されたその大きなマグロは、ほとんど白に近い色をしている。

そんな陸揚げの様子をわたしたちは眺めていた……。

「ひとつ訊いていい？」とわたし。

「ひとつでも二つでも」と一郎。

「……どうして、わたしなんかに親切にしてくれるの？　一郎、もてるでしょうに……」と言った。

愛がここにいたら、〈そんな事、ストレートに訊いちゃダメだよ！　そこは、変化球で攻めなくちゃ！〉と口をとがらせるだろうけど……。

一郎は白い歯を見せ、「おれがもてるのは、言うまでもないが……」と冗談半分の口調で言った。

冗談半分の口調だったけど、実際に一郎がもてないわけはない。

１８０センチ近い身長で、手脚が長い。程よく陽灼けした精悍な表情。サッパリとした性格。中学生の愛に教えるほど英語も出来る。それでももてないはずがない……。

カモメが二羽、港を渡る海風に漂っている。午後の陽射しが、その白い翼を淡いイエローに染めている……。

しばらくそれを眺めていた一郎が、

「高校生のとき、彼女がいたんだけどさ……」ポツリと口を開いた。〈いたんだけどさ……〉とすでに過去形だ……。

「同じ高校の子？」訊くとうなずいた。

「チアリーダーをやってた」

「チアリーダー……。じゃ、野球選手だった一郎が試合に出るときは、応援を？」

「ああ、地方の予選大会でも、本番の甲子園でも……」

「そっか……」とわたし。「かっこいいね。一郎が野球部のエースで、彼女がチアリーダー……」とつぶやいた。

「まあ、そうなんだけど……」と一郎。しばらく無言で、海を眺めていた。

「彼女は、ルックスがよくて、成績もよくて、学校じゃダントツの人気者だった……」とつぶやいた。わたしは、うなずいた。

「理想的な彼女じゃない。……その後は？」と思わず訊いていた。

「おれがプロ野球の世界で挫折した事もあり、その後、なんとなく付き合いがフェードアウトして……」と一郎。淡々とした口調で言った。

「……それって？……」とわたし。彼は無言で、相変わらず風に漂っているカモメを眺めている……。

「彼女が、完璧過ぎた？」わたしは、思わず訊き返していた。一郎は、また白い歯を見せ、

「まあ、ぶっちゃけた話、そういう事なんだ」と言った。

「彼女は、何もかも持ってた。ルックスの良さ、頭の良さ、誰にでも好かれる明るい性格。しかも、親父さんは、逗子にあるマリーナのハーバー・マスターだった」

「すごい……」わたしは、口を半開き。一郎は、ちょっと苦笑い……。

「そんな完璧な彼女には、おれがしてやれる事が少な過ぎた。いま思えば、それがまずかったのかもしれない……」

と一郎はつぶやいた。そして、

「自分が本当に必要とされてるのか、ふと疑問になるときもあったな……」

「自分が必要とされているか？」

「ああ……。戦力外通告をうけてプロ野球の選手をやめたときの事じゃないが、ピカピカな彼女の人生にとって、自分が戦力外であるような気がした……そんなときもあったよ……」

「戦力外……」わたしは、つぶやいた。

「ああ……いてもいなくてもあまり変わらないってこと……」と一郎。

なるほど……わたしは、軽くうなずき、

〈そっか……ピカピカの彼女か……〉と胸の中でつぶやいていた。

それに比べて、わたしは……。

母さんは借金を残してずらかるわ、天然ボケのカピバラで、魚をさばく以外になんの取り柄もなくて……。

そんな事をまた心の中でつぶやく……。わたしはうなだれて、港の海面を見つめていた。すると、

「なんか、へこんでないか？」と一郎。わたしは無言……。

「やっぱり、へこんでるな。おれが言った事が気になったのか？　ピカピカの彼女ってのが……」

「まあ……」とわたし。一郎は、苦笑い。

「まあ、お前がへこむのはわかるけど、これには大事なその次があってさ」

「大事なその次？」わたしは訊きかえした。一郎は、うなずく。

「お前は、確かにボサッとしたカピバラだけど、それだからこそ放っておけないんだ」と言った。

20　イカスミ砲

対岸では、〈第十二翔洋丸〉がつぎのマグロを陸揚げしている。

「放っておけない……」わたしは、思わず一郎の横顔を見た。

「まあ、そういう事だな。お前には、してやれる事がたくさんあるっていうか……。おれがときどき力を貸してやらなきゃ、お前、どうなるんだろうって気がするんだ」と一郎。

しばらく考え、「腹が立ったらごめんな……」と言った。

わたしは、無言……。三崎漁港の海面を見つめていた。陽がかなり傾き、海面は夏ミカンのような色に染まりはじめていた。

「腹なんか立ててないわ」とわたし。「みんな本当の事だし……」と苦笑した。

「そうか、よかった……」と一郎。

わたしたちは、立ち上がる。岸壁を、駐車場のある方にゆっくりと歩きはじめた。

ふと気づくと、わたしは一郎が着ているパーカーのスソをそっとつかんでいた。

一郎は、それに気づいているだろう。けれど、何も言わなかった。

ひんやりとした中に、春の匂いを感じさせる潮風が、わたしたちを包んでいた。

通りがかりの車から、〈Will You Love Me Tomorrow（ウィル・ユー・ラヴ・ミー・トゥモロー）〉が風にのって聞こえていた。

刑事かな……。

店に入ってきたその男を見て、わたしは一瞬そう思った。

火曜日。午後3時半。わたしは、一人で店にいた。魚市場で拾ってきたマルイカをさばいているところだった。

「ちょっといいかな？」とその男が言った。三十代の後半。ダークスーツを着ている。

Yシャツにはネクタイをしめていない。目つきに隙（すき）がない。

けど、どうやら警官ではなさそうだ。彼らは、基本的に二人でやってくるらしい。

以前、葉山町内でちょっとした窃盗（せっとう）事件があった。そのときも、刑事が二人組で聴き込みにきたのを、わたしは思い出した。

「ちょっと話が聞きたいんだけど」とその男。さりげなく店内を見回す。

上着の内側に手を入れた。刑事なら警察手帳を出すところだろう。けど、男が出したのは一枚の名刺だった。それをカウンターに置いた。

〈セントラル・リサーチ　調査員　木村孝也〉とある。会社の住所は東京の品川区。

「リサーチ？」とわたし。

「そう、まあ一種の調査会社でね」その木村という男は言った。

「調査で葉山に来るって事は、アジやサバの漁獲量の調査とか？」わたしは、出刃包丁を使いながら言った。

「まさか……」とその木村。軽く苦笑。カウンター席に腰かけ、わたしと向かい合う。

「葛城さんを知ってるよね。逗葉信用金庫に勤めてる」と木村が言った。わたしは、うなずいた。

「彼は、毎日のようにこの店を手伝いにきてるよね」わたしは、またうなずいた。

「彼がこの店を手伝いにくる理由はわかってるんだけどね」と木村。

「じゃあ？」

「その……彼は、この店を手伝っている間、君のような若い娘さんと、どんな話をするのかな？」

木村が訊いた。その目が、わたしの表情を覗き込んでいる。

わたしにも何となくわかった。

いま、葛城と妻の離婚協議は大詰めに入っているという。この木村という調査員の仕事はそれに関する事なのだろう。

「どうだろう。葛城さんは店を手伝いながら、君とどんな話をするのかな？」

「どんなって？」

「そう……たとえば、デートに誘われたりとかは、ないの？」と木村。少し下卑た表情を見せた。じっと、わたしの表情をうかがっている……。

「そうねえ……」わたしは、わざと、とぼけてみせた。

「やっぱりあるのかな？　デートに誘われたりとか……」と木村。

わたしは、さばいているイカの墨袋をぎゅと押した。パンパンに墨が詰まっているのがわかる……。

そして、包丁の先端を墨袋に突き刺した。

真っ黒い墨が、勢いよく吹き出した！　カウンターの向こうにいる木村の顔面とYシャツを、イカの墨が直撃した！

「あ、ごめん！　緊張して手が滑っちゃった」わたしは言った。

木村は、5秒ほど口をパクパクとしていた。真っ黒い墨だらけになった顔で、やはり墨だらけのYシャツを見る。

「わざとやったな！　この小娘が……」

「そんな間抜けな顔で凄んでも、全然怖くないわよ」とわたし。片手に出刃包丁を握ったまま、木村をまっすぐに見た……。

「なんか、顔中真っ黒なやつが、あわててバス停の方に走っていったぜ」と一郎。店に入ってくるなり言った。

わたしは、説明しはじめた。すぐに、愛も学校から帰ってきた。わたしは、二人にあの調査員とのやり取りを話した。

「カピバラ、やるもんだな」と一郎。

「それ、見たかった！」と愛。

「かなり派手だったよ」わたしは言った。

イカの墨は、てごわい。服などにつくとまず取れない。手や顔についても、それを洗い落とすのは相当に大変だ。あの木村が、どうやって東京に帰るのか、知った事じゃない。

「自業自得だもんね」わたしは言った。

夕方の5時半。やってきた葛城に、その一件を話した。

「それは迷惑をかけたね」と葛城が言った。店に来た葛城は、いつも通り前掛けをし、手伝いをはじめようとしていた。

「あの調査員って？」とわたし。

「それは、間違いなく私の離婚がらみの調査だね。昔なら興信所と呼ばれるところがやる仕事だな」

と葛城。彼と妻の離婚協議は、最終段階に入っているという。来月、4月には離婚に関してすべての条件が決まるらしい。

「やはり、何もかも妻の方が有利なのさ。里香の養育権の事も含めて……」と葛城。かなり諦めを感じさせる口調で言った。

「土俵ぎわ……」愛がポツリと言った。

「まあ、そういう事だな」と葛城。

「でも、そこまで土俵ぎわなら、なんで調査会社が？」わたしは訊いた。

「ダメ押しというか、私に関する悪い情報を徹底的に揃えておきたいってところかな」と葛城。

「前にも言ったように、妻の実家は資産家なんで、調査会社でも何でも使いたい放題なのさ」と言った。

「ほう、ワカメの季節になったか……」と葛城がつぶやいた。

夜の8時過ぎ。地元客の四人が飲み食いをして帰っていったところだ。そろそろ店じまい……。

わたしは、新ワカメのサラダを葛城に出してあげた。

「もうすぐ独身に戻るんだから、もてなきゃね」と言った。

葛城は、苦笑した。彼はかなり禿げている。バーコードのような髪が、頭にへばりついている感じだ……。

「そうか、ワカメを沢山食べれば、髪の毛が少しは生えてくるかもしれないな……」と葛城。ワカメをはじめ海藻が髪にいいとはよく言われている。なので、ドレッシングをかけたワカメを、彼は熱心に食べはじめている。

その姿を、なぜか愛がじっと見ている……。


あれ……。

わたしは、つぶやいた。夜の10時過ぎ。わたしは、生ゴミを捨てに店を出た。

そして店に戻ってきたところだった。ふと見ると、愛が一人でカウンター席にいる。

背中を丸め、何か食べている。

物陰からそっと見ると、愛はワカメを食べていた。皿に山盛りにし、ドレッシングをかけたワカメを熱心に食べている。わたしは、しばらくそれを眺めていた……。
1、2分眺めていて〈そうか……〉と気づいた。
プロのヘアメイクさんがほめるくらい、愛の髪は細く、サラサラとして柔らかい。少し茶色がかっている。

でも、本人としては、それがちょっと気になるのだろうか。もう少ししっとりした黒髪が望みなのだろうか……。愛は一生懸命にワカメを食べている……。

葛城が言った、〈ワカメを沢山食べれば、髪の毛が少しは生えてくるかも〉の一言でピンときたらしい……。

そういえば……。わたしは気づいた。あの耕平とよく話すようになって以来、愛は自分の外見に少しは気を遣うようになったかも……。

葉山の町にも春が来たけれど、この愛にも春が来たのだろうか……。

わたしはあえて愛に声をかけなかった。一生懸命にワカメを食べている、その小さな背中を見つめていた。


「外角低め！　ストレートの速球！」と一郎。ホームベースのところで、キャッチャーのようにグラブをかまえた。

シゲルが、うなずいた。手にしたボールを握り直した。少し緊張した表情をしている。

まわりでは、葉山二中野球部の選手たちが練習している。

シゲルは、大きく息を吸い込んだ……。そして、またボールを握りなおした……。

4月9日。葉山二中では、新学期がはじまっていた。

わたしたちは、学校で週に2回の弁当販売を再開していた。

冬の間は、食材がないので弁当の販売は出来なかった。けど、一郎の魚市場から、サバを格安で買える事になった。それで、弁当の販売を再開したのだ。

弁当その1。サバをオリーブオイルで焼いて、そこに耕平のところから仕入れたトマトなどの野菜を使ったラタトゥイユをかけたもの。

弁当その2。サバを子供の好きなフライにする。そこに自家製のタルタルソースをかけたもの。

その二種類の弁当を、交互に販売している。

なんせサバが新鮮。その朝に獲れたのだから、不味いわけはない。

これで280円は、上出来だろう（サラダもつけてあるので、利益は出ないけれど……）。

実際に、三〇個作った弁当はいつも完売している。愛の担任の武田が言う〈ひとり親家庭などで昼食が貧弱な子たち〉を少しは助けているようだ……。

そんな木曜の午後。わたしと手伝ってくれている葛城は、弁当の販売を終えていた。その後片づけも終えたわたしは、ぶらぶらと校庭に出てみた。放課後の校庭では、野球部の練習がはじまっていた。

そして、あのシゲルがいた……。

21　キャッチャー・ミットは、1センチも動かない

藤沢南中のピッチャーであるシゲルは、あれ以来、しょっちゅう葉山にやってくる。一郎にコーチしてもらうために……。

いまも、シゲルは葉山二中の選手たちと一緒に練習をしていた。葉山二中の選手たちともかなりうちとけて、冗談をかわしている。

そんな練習の最中。一郎が、ホームベースのところでグラブを構えた。軽くしゃがみ、

「外角低めに、ストレートの速球を投げてみろ！」とシゲルに言ったのだ。

シゲルは、うなずいた。ふりかぶり、投げた。

一郎は、グラブをかなり動かして楽々そのボールを受けた。そして苦笑。

「いまのじゃ、ストライク・ゾーンのど真ん中だ。場外ホームラン打たれても不思議

じゃないぜ」と一郎。「コントロールがまだまだだな」と言った。

「あの……」とシゲル。「見本を見せてくれませんか？」と言った。

一郎は、少し考え、うなずいた。ほかの選手に教えていた野球部顧問の武田に声をかけた。「ちょっと相手してくれないか」


一郎は、武田を相手に一〇球ほど肩ならしをした。そして、しゃがんだ武田がキャッチャー・ミットをかまえた。

「外角低め、ストライク・ゾーンぎりぎり」と一郎。武田がうなずき、そこにミットをかまえた。一郎が、ゆったりした大きなフォームで投げた。ストレートの速球が、ミットにおさまった。

パシッと鋭い音！

武田はほとんどミットを動かさずに捕球。ミットを動かす必要がなかったのだろう。

シゲルも、葉山二中の部員もかなり驚いた表情……。

「つぎは内角高め」と一郎。また、ダイナミックなフォームで投げた。武田がかまえたミットで、パシっと乾いた音が響いた。中学生たちは、ただ目を丸くしている……。

〈あれ……〉

わたしは、胸の中でつぶやいた。

野球部の練習が終わった夕方。ふと見ると、武田が一人、グラウンドに向かい腕組みして立っている。やがて、歩いていくわたしに気づいた。夕方のグラウンドに、武田とわたしの影が伸びている……。

「何か、考えごと？」訊(き)くと、しばらく無言でいた。やがて、

「ちょっと驚いたんだ」と武田。「さっきうけた一郎の投球、高校生だった頃と、スピードもコントロールもあまり変わっていなかった……」

「高校生の頃と……」わたしは、つぶやいた。武田はうなずき、話しはじめた。

「あれは、一郎が高校三年だった12月、あいつにとっては高校生活最後の冬……。ドラフト会議で指名され、プロ入りが決まった頃だ。あるテレビ番組が作られてね」

「テレビ……」

「ああ、テレビ神奈川(かながわ)が一郎にスポットを当てた30分番組を作ったんだ。神奈川県出身でプロ入りする選手のドキュメント番組をね……その中で、一郎が母校を訪ねる場面があってね」

「母校って、ここ？」とわたし。武田はうなずいた。

「あいつが野球選手として頭角をあらわしたのがこの葉山二中の時代だからな……。

そんな母校の中学をやつが訪れるという撮影が冬休みにあってね……。おれも無理やり出演させられたよ。中学時代の恩師って事でさ。そのとき、一郎が少し投げたんだ」

「へえ……」

「恩師のおれを相手にピッチングをする、そんな場面を撮ったよ。その場には、やつの妹の桃ちゃんも見にきてて、そのせいか、一郎はかなり張り切ってた」

「桃ちゃん……」

「そう、桃ちゃんが見てたんで、一郎はかなり本気で投げたよ。やつが葉山二中を卒業して3年ぶりにその投球をうけたおれは、一郎の成長に正直驚いた。高校三年生でドラフト指名されてプロにいくやつの球ってのは、球速もコントロールもこんなに凄いのかとね……」

と武田。そのときを思い出す表情……。

「で……さっき、一郎の投球をうけただろう……。その球速と、特にコントロールが、あの頃とほとんど変わってなかったんだ。おれは、キャッチャー・ミットを1センチも動かす必要がなかった」

と武田。わたしの腕に、鳥肌が立った……。

「それって……」わたしは、つぶやいた。

「普通、トップ・アスリートが練習から離れると、ぐんぐん身体能力は落ちる。当たり前だけどな」と武田。

「しかし、一郎の投球はほとんど以前のままだった。球速は確かに少し落ちてるが、〈針の穴を通す〉と言われてたあの正確無比なコントロールは、まるで変わってない……。あいつがプロ野球の世界から去って、もう3年以上たつのに……」

彼は、腕組みをしたまま、黄昏（たそがれ）のグラウンドを見つめている。

「……もしかしたら」とわたし。「それって、一郎の仕事に関係してるかもしれない……」とつぶやいた。

「あいつの仕事？」

「そう、海に出る仕事」とわたし。そして話しはじめた。

あのシゲルが初めて葉山に来たとき、船に乗せて海に出た。一郎は、海面に浮かんでいるブイに重りを命中させてシゲルを驚かせた。

「そのとき、一郎は言ってたわ。自分の足腰は海の上、つまり漁をする仕事で鍛えられたって……」

わたしは言った。武田は、うなずく。

「一郎の足腰が強靭（きょうじん）なのは、船で海に出る仕事で鍛えられた……それは昔から知ってた。で……あいつ、プロ野球の世界から戻ってきても、毎日のように漁に出てるな……

…。という事は、いまも毎日のようにトレーニングを続けてる事になるか……」

武田がつぶやき、わたしはうなずいた。相変わらず、わたしの腕には鳥肌が立っていた……。

陽はさらに傾き、わたしたちの影が、長くグラウンドに伸びている……。

わたしと武田は、それぞれの思いを胸にかかえていたようだ。実は一郎についての同じ思いなのかもしれないけれど……。

「ほう、ずいぶん大きくなったな……」と中沢先生。猫のサバティーニを見て言った。

水曜日の昼頃。動物病院の中沢先生から電話がきたのだ。

「あの、もらったパスタ券を使いに行ってもいいかな？」と先生。

「どうぞどうぞ」とわたし。10分ほどして中沢先生が店にやってきた。

動物病院に連れていったあの頃、片手にのる大きさだったサバティーニは、まだ仔猫だけどかなり成長していた。

先生は、サバティーニの頭を撫でる。獣医らしい動作で、さりげなく歯の生え方などを見てくれている……。

「体重もかなりふえたし、順調だね……」とつぶやいた。

わたしは、ちょうどサバティーニの昼ご飯を作っているところだった。

夜明けに一郎から買ったサバ。その内臓を取り去り、筒切りにし、水煮にする……。柔らかく煮えたサバの身をほぐしていく……。それを見ている中沢先生が、

「小骨には気をつけてね」と言った。わたしは、うなずく。小骨を注意深く取ってサバの身をほぐしていく……。


「ほら、沢山食べて」とわたし。サバティーニの前にお皿を置いた。そこには、細かくほぐしたサバの身が盛ってある。サバティーニは、ハグハグとそれを食べはじめた。

先生は、目を細めて眺めている。

「いい匂いだね……。私も食べたいほどだ」とつぶやいた。

確かに。水揚げされて間もない新鮮なサバなので、魚臭さは全くない。旨(うま)みの香りだけが感じられる……。

そのときだった。「あ……」とわたしはつぶやいた。


どうして気がつかなかったんだろう……。わたしは、10秒ほどで考えを整理する。

「パスタ、少し待ってもらえます?」と先生に言った。先生は、うなずいてくれた。

わたしは、フライパンにオリーブオイルを流し込み、刻んだニンニクと赤トウガラ

シを中火で温める。すでに、いい匂いが漂いはじめる。

そこに、湯むきし潰してあった耕平のトマトと、細かくほぐしたサバの身を入れた。

サバとトマトがなじむように、木のヘラでかき混ぜながら煮詰める……。

サバ、トマト、ニンニク……。海と大地から贈られた生命力、その香りが店に漂っていく……。

最後に、天然塩と黒コショウを少し振って味を整えた。

すでに茹でてあったパスタを皿に盛って、そこにサバ・トマトのソースをかけた。

上にバジルの葉を散らして、「どうぞ」と中沢先生の前に出した。

む……。そんなつぶやきが、微かに聞こえた。先生は、無言でパスタを食べている。

三分の一ほど食べたところで、顔を上げた。

「すごいな、これは……」とだけ言った。それは充分過ぎる言葉だった。グルメぶったコメントなんていらない。

中沢先生の趣味は食べ歩きで、味にはかなりうるさい。それは、お爺ちゃんに聞いて知っていた。そんな先生が〈すごい〉と言ってくれただけで充分だ……。

わたしは、冷やした白ワインを先生の前に置いた。

「ありがとう」先生は、それだけ言った。また、パスタを食べ、ときどきワインを口にする……。お皿が空になるまで、ひと言もしゃべらなかった……。

「腹へったよ……」と、男の子みたいに言いながら、愛が学校から帰ってきた。通学用のデイパックを置くと、まずは、猫のサバティーニを撫でている。

「あんた、お弁当は食べたんでしょう？」とわたし。今日は、学校で弁当を販売する日ではない。なので、愛には普通に弁当を持たせた。サバのフライを二枚入れた弁当だ。

「あれは？」

「そのさ……実はフライを耕平にあげちゃったんだ」

「耕平に？」訊(き)くと、愛はうなずいた。

「だって、あいつの弁当、野菜炒(いた)めだけなんだよ」と愛は口をとがらせた。

「野菜と豚コマ肉？」とわたし。愛は、首を横に振った。

「豚なしで野菜だけ。キャベツやナスを炒めたものだけ」と愛。「で、わたしがサバのフライを一枚あげると、あいつがあんまりガツガツ食べるから、もう一枚もあげちゃったんだ、ごめん……」ポツリと言った。

「そっか……全然かまわないよ」わたしは、つぶやいた。そして〈あんた優しい子だね〉と言うかわりに、愛の小さな頭を軽く撫でた。

「じゃ、明日から耕平の分のオカズも作ってあげるから、持っていきな」と言った。

「サンキュー」と愛。そのお腹が鳴った。よほど空腹らしい。

「ひやぁ、美味い……」と愛。サバ・トマトのパスタをひと口食べるなり言った。

「何これ……」と言いながら、わしわしとすごい勢いで食べている。ものの3分ほどで食べ終わってしまった。

「一郎からのサバと耕平からのトマト、新しいメニューだよ」とわたし。

「これはうける！」と愛。口のまわりをトマトソースだらけにして言った。

「新しいメニューだから、名前つけなきゃね」とわたし。「〈サバとトマトのパスタ〉じゃ、つまらないし……」と言った。トマトソースだらけの愛の口を拭いてやる……。

愛は、何か考えている……。やがて、

「わかった！」と言った。メモ用紙に走り書き。〈パスタ・サバティーニ〉と書いてある。

「あ、それいいかも……」わたしも思わず言った。

「じゃ、さっそく新しいメニュー作らなきゃ！」と愛。

22　わたしのお母さんじゃないの？

「いやあ、スッキリした」と葛城。店に入ってくるなり言った。

夕方の5時。カウンターで新しいメニューを描いていた愛も、包丁を使っていたわたしも葛城を見た。彼は、きちんとネクタイをしめている。

「もしかして、離婚の協議が終わったの？」わたしは訊いた。葛城は、うなずく。

「全部終わったよ」と言った。

「お疲れ様」わたしは、彼の前にビールを出した。葛城は、それをぐいと飲み干した。

「里香ちゃんは、やっぱりお母さんの方へ？」訊くと、うなずいた。そして、

「家も何もかも、ぜーんぶあいつにくれてやった」と言った。

「家も？」

「ああ、もともとあいつの実家が金を出してくれて建てた家だしね。そんな家、誰が

いるものか」と葛城。すると、

「じゃ、ホームレスおじさん……」愛がぽつりと言った。葛城は苦笑。

「まあ、そういう事だね」

「段ボールなら、学校にあるよ」と愛。葛城は、また苦笑い。

「心配ありがとう。でも、もうアパートを借りてあるんだ。今週末に引っ越すよ」と言った。

「アパートを……」わたしは、つぶやいた。

「離婚協議には、勝ち目がなかったからね……。10日前にアパートを借りる契約をしたんだ」と言った。二杯目のビールに口をつけた。口調は明るかった。けど、少し無理しているようにも感じられた。

「あーあ、つぶれちゃって……」

わたしは、つぶやいた。夜の9時過ぎ。今日最後のお客が帰っていったところだ。見れば、葛城はテーブル席に突っ伏している。すでにビールをかなり飲んでいた。テーブルに顔をつけて、口は半開き……。軽くイビキをかいている。

口では強がりを言っていても、やはり心に降りつもる悲しみはあるのだろう……。

わたしは、テーブルに突っ伏しているその背中に、上着をかけてあげた。店には、

W（ウイリー）・ネルソンが歌う〈Always On My Mind（オールウエイズ・オン・マイ・マインド）〉が低く流れていた。

◆

「あ、サバティーニ！」と愛。「そこに乗れるようになったんだ」と言った。

土曜の午後3時。ランチのお客たちが帰っていったところだ。猫のサバティーニが、店の出窓に飛び上がったのだ。

サバティーニは、仔猫（こねこ）とはいえもうかなり大きくなった。その高さに飛び上がれるようになったようだ。

出窓は、植木鉢が一つ二つ置けるほどのスペースしかない。けれど、店の外を眺める事はできる。いまも、サバティーニはその出窓に腰かけ、珍しそうに外を見ている。ときどき人が通ると、サバティーニはそれを目で追っている……。

そんな事が続いた3日目。月曜の午後4時だった。

この日も、サバティーニは出窓に座り、外を眺めている。

そのとき、カウンターを拭いていた愛が、

「あっ」と言った。サバティーニの様子がこれまでと違う。二本足で立ち上がり、出窓のガラスに顔をつけるようにして、外を見ている。

愛もわたしも、サバティーニの後ろから、外を見た。すると、一匹の猫がゆっくりと前の道を歩いていた。

見たことのない三毛猫だった。その三毛は、出窓にいるサバティーニに気づいたらしく、ふと立ち止まった。

サバティーニは、鼻を窓ガラスにつけてじっとその三毛猫を見ている……。

やがて、三毛猫は何もなかったように歩き去っていく。サバティーニは、思い切り目を見開いて、その姿を追っている……。やがて、三毛猫は姿を消した。

その5分後。今度は白茶の猫が、店の前を通りかかった。海岸町なので、ノラ猫や半ノラ猫が多いのだ。

すると、サバティーニはまた身を乗り出し、ガラスに顔をつけるようにして、その猫の姿を目で追っている……。そのときだった。

「この子……」と愛。「もしかして、自分の家族を探してるんだ……」と言った。握った右手を自分の口に当てて、固まっている。

3秒後。わたしの心も震えていた……。

愛の言う通りかもしれない……。

サバティーニには、お母さん猫と、同時に生まれた兄妹(きょうだい)たちが二、三匹はいたはずだ。

けれど、この子を見つけたとき、ほかの猫たちはすでにいなかった。その後も見かけていない。この子が、なぜ一匹だけ取り残されたのか、わからない。

一匹だけ体が弱っていたからか……。ほかの事情があったのか……。

わかっているのは、この子だけ置き去りにされていたという事実だけだ。

わたしたちが、この子を見つけたとき、すでに目は開いていた。だとすれば、この子は、自分を置き去りにしていく母猫や兄妹の姿を、ぼんやりとでも見ていたかもしれない……。

そしていま、必死な表情で、窓の外を通る猫たちを目で追っている。

あれは、自分の家族ではないのか……。

〈わたしのお母さんじゃないの？〉と問いかけるように……。

それは、外れた想像ではないと思えた。

「そんなの悲し過ぎるよ……」と愛。サバティーニの後ろに立ちつくしている。その声はすでに涙声で、頬は濡れている。

父親に見捨てられようとしている愛にとって、それは自分の事でもあるのだろう。

そして、母親に置き去りにされたわたしにとっても……。

わたしは、愛の細い両肩にそっと手を置いた。愛に何か言おうと思った。けれど、言葉が出てこなかった。そのかわり、涙が一筋、頬につたいはじめていた。

サバティーニは、相変わらず、出窓から外を見ている……。

その夜も、わたしたちは一つのベッドで寝た。サバティーニを真ん中に、わたしと愛は両側で寝る。愛がサバティーニの小さな体を撫でながら、

「お前も、戦力外通告された子なのかなぁ……」ポツリとつぶやいた。

わたしは心臓を鷲づかみにされたような気持ちになった……。

息が止まりそうになる……。

もちろん、サバティーニは、答えない。……しばらくすると眠りはじめた。

サバティーニの顔は、わたしの方に向いている。体も顔も濃い色の縞模様。口のところだけが白い。そこに生えてる短いヒゲが、わたしの頬に触れている。静かな寝息を感じる……。

愛も、やがて口を少し開いて眠りはじめた。

森戸海岸から、波音がリズミカルに聞こえている……。わたしは、いつまでも寝つけなかった。呼吸とともに微かに上下するサバティーニのお腹にそっと触れたまま、

静かな波音を聞いていた……。

え？　慎ちゃん、来るの？

わたしは、つぶやいた。水曜の昼頃。慎から、ラインがきたのだ。

〈久しぶり。ちょっと話があるんで、行っていい？〉と慎。

〈もちろん、いいわよ〉とわたしは返信した。

「写真集を？」

わたしは訊き返した。慎はうなずく。

「実は、そうなんだ」と言った。夜の10時過ぎ。カウンター席に腰かけた慎は、バーボン・ソーダのグラスに口をつけた。相変わらず、ミュージシャン風の外見だ。

慎が撮った写真を一冊にまとめる企画が進んでいるという。

慎のブログ『まえむきダイアリー』は、毎週ずっと更新されている。

東南アジアで慎が撮った写真。そこに、三行のメッセージ。そんなブログがずっと更新され、ファンたちのアクセス数やリアクションは、相変わらずすごい。

「あのブログに、出版社が目をつけてね」と慎。誰でも知っている大手の出版社が、あれを本にする企画を立てているという。

「それって、慎ちゃんファンに売れそう。印税ざくざく……」と愛がつぶやいた。慎は苦笑い。

「もちろん、ファンの人たちは買ってくれるかもしれない。でも、一冊の写真集として厳しく評価される、その事も考えとかなきゃならないよ」と慎。

「芸能人のお遊びと見られないような質の高いものにしなきゃならない」と言った。

「え？　この写真を使う？」わたしは、思わず口にした。

慎のデジカメ。その液晶画面には、わたしの写真。

慎が、映画のロケ中、初めてうちの店にきた。そのとき、彼はわたしがアジをさばいている写真を撮った……。わたしがアジをさばくのに集中している、そんな横顔のアップだ。

「もし君がよかったら、この写真も使いたいんだ」と慎。そして、説明しはじめた……。

「さんざん考えたんだけど、この写真集のテーマはこれなんだと思ってる」と慎。一枚のプリントアウトをカウンターに置いた。そこには、

〈生きている〉

の一行があった……。

「つまり、一生懸命に生きている人々の瞬間を切り取った写真集にしたいんだ」

と慎。国や年齢・性別に関係なく、生活をかけて一生懸命に働いている人の輝きをおさめた写真集にしたいという。

「……たとえば、タイの水田で黙々と田植えをしてる女性の写真、その次のページに、君が真剣に魚をさばいてるこの写真がある……。そんな写真集に出来ればと思ってる」と慎は言った。

なので、写真集のタイトルはテーマそのまま、『生きている』にしたいと慎は言った。

わたしは思い出していた。いつか慎がつぶやいた言葉。

〈真剣さは、きれい……〉〈一生懸命は、美しい……〉

そんな言葉を思い出していた。

「へえ、こんな写真も撮ったんだ」わたしは液晶画面を見て言った。

それは、葉山の真名瀬漁港。小船を港のスロープに引き上げている年配の夫婦の姿だった。やや遠目からの写真……。どうやら、漁を終えたところらしい。

「これも、ロケの最中だね。君の横顔を撮った1週間後かな」と慎。二杯目のバーボン・ソーダでノドを湿らす。

「それまでは、ただ何となく写真を撮ってた……。でも、アジをさばいてる君の横顔を撮ったとき、自分の中でスイッチが入ったんだと思う」

「それって?」と愛が訊いた。

「はっと気づいたんだ。自分が撮る写真は、これだって……。きっとその瞬間、君の横顔にインスパイアされたんだね」と慎は言った。

「ねえねえ、インスパイアって何?」

慎がトイレに行っているとき、わたしは小声で愛に訊いた。愛が、メモ用紙に走り書き。

〈inspire＝その気にさせる〉

「早い話、ウミカに惚れたって事だよ」愛はズバッと言った。わたしが口を半開きにしていると、慎がトイレから戻ってきた。

23　幸せって……

「すごい数の星だな」と慎。夜空を見上げ、「ヴェトナムの田舎で見たような星空だ」と言った。

「葉山も田舎よ」わたしは少し苦笑いしながらつぶやいた。

「そうか……海果にとってはそうなんだね……」と慎。

夜中過ぎ。わたしと慎は、近くの森戸海岸にいた。砂浜に腰かけ、夜空を見上げていた。

今夜、月は出ていない。そのかわりに、星がたくさん散っている。

濃紺の夜空……。針先でプツプツと穴を開けたように、何十何百という星が光っている。

夜明けになれば、わたしと愛は魚市場に魚を仕入れに行く。慎は、その様子も出来れば撮影したいという。

なので、わたしたちは砂浜で夜明かしをする事にしたのだ。


「起訴される？」

わたしは訊き返した。慎は、うなずく。お父さんは、とうとう公職選挙法違反で起訴されそうだという。ついさっき関係者から情報が入ったらしい。

「どうやら、当局は、あの人が直接的に選挙違反の指示をしたという有力な証拠をつかんでいるらしくて……」

「……そうなんだ……」わたしは、つぶやいた。

「その影響が慎ちゃんには？」と訊くと、「関係ないね」と簡潔な返事が返ってきた。

「それはそれとして、なんか気の毒な気もするんだ」と慎。

「気の毒？」

「……ああ……。あの人が人生で求めてきたのは社会的地位、それだけだ」と慎。

「人より少しでも高い社会的地位ってやつさ」

と慎は言い、苦笑いした。

「でも、それって、どこまでいっても満足が出来るものじゃないんだ。もっと上の地位、さらに上の地位……。だから、あの人は、いつもイライラしてた感じだな……」

慎が言い、わたしはうなずいた。

「この写真？」とわたし。

慎がカメラの液晶画面に出したのは、真名瀬漁港の写真だ。

年配の夫婦が、小型の漁船をスロープに上げているあの情景だ。

「この漁師さんたちは、サザエを獲ってきたらしいんだ」と慎。

わたしは、うなずいた。それはたぶん〈見突き（みづき）〉と呼ばれる漁。船の上から、海中を覗（のぞ）いてサザエなどを突く漁法だ。

「この夫婦は、陸に上げた船からサザエをおろしてたんだけど、その表情がすごく良かった……」と慎。「なんていうか、その一日に完全に満足してるって感じで幸せそうだったな……」

「わかるわ……」わたしは、つぶやいた。

その日の漁がうまくいった……。漁師さんたちにとって、それ以上に望むものはないのだから……。

「でも、いま選挙違反で起訴されそうなあの人が、あんな幸せそうな表情をしたのは、見た事がないよ……」と慎。

「……だから、気の毒な気がする？」

「ああ……」と慎はうなずいた。しばらく考えている様子……。そして、

「人の幸せってなんだろう……」とつぶやいた。「そんな事、この葉山に来るまでは、考えた事がなかった。でも、撮影でここに来て自分が変わった、それがはっきりとわかるよ」

「……確かに、慎ちゃん、変わったかも……」

「ああ……この町と、君のおかげで……」

「わたしは、そんなに……」と思わずつぶやいた。すると、慎はゆっくりと首を横に振った。

「いや……。君と出会ってなかったら、いまの自分はないよ」

と静かな声で言った。そして、わたしの肩をそっと抱き寄せた……。彼の手が触れているところが熱くなってきたのが感じられた。

お互いの頬が少しずつ近づいていく……。7センチ……5センチ……3センチ……。

やがて、唇と唇がそっと触れ合った。そのとき、パシャッという音。

ベタ凪の海で、小型のボラが跳んだ。星明かりを映していた銀色の海面に、波紋が広がっていく……。

わたしたちは、触れていた唇を離した。

「魚が妬いて、このシーンにNGを出したのかな?」と海面を眺めた慎が苦笑いした。

「重いぃ……」と愛が悲鳴を上げた。

夜明けの5時。わたしと愛は、魚市場で仕入れたサバを運ぼうとしていた。でも、その数が半端ではない……。

今日は木曜。弁当を作って中学に売りにいく日だ。

これまで1日に三〇個の弁当を売っていた。けれど、最近ではあっという間に売り切れる。買えない子たちもいる……。

ひとり親家庭や、貧しい家庭がさらにふえているのだろう。

「そうなんだ。食事が貧弱な子が、また最近はふえてる」と愛の担任の武田。

「だから、弁当を三〇個と言わず作れるだけ作ってきてくれないか」と言った。

幸い、サバの水揚げは好調らしい。一郎も、

「いくらでも売ってやるよ」と言ってくれている。

なので、今日はかなりの数を買った。愛が値切った一匹30円で、中型のポリバケツ一杯のサバ……。それをわたしと愛で、持ち上げた。とたん、

「う、重いぃ！」と愛が悲鳴を上げた。それでもなんとか二人で運びはじめた。

わたしたちの3メートル先では、慎がカメラをかまえていた。彼は、わたしたちに

向けて一度だけシャッターを切ると、

「そりゃ無理だ、手伝うよ!」と言った。カメラを首にかけ、駆け寄る。サバを運ぶのを手伝ってくれる……。


「へえ、地元のサバと地元のトマトか……」と慎がつぶやいた。三人がかりで、サバを店に運んだところだ。

わたしはサバのウロコをとりはじめ、愛は耕平から買ったトマトを洗いはじめた。

それを見ていた慎が、

「地産地消って事かな」と口にした。

「それって何?」わたしは包丁を手にして訊いた。すると、トマトを洗っていた愛が、

「地元でとれた野菜や魚を、地元で消費する事。最近はネットでもよくアップされてる言葉でさ、常識だよ、ウミカ」と言った。

「悪かったわね……。でも、慎ちゃんもよく知ってるのね……」とわたし。すると慎が、

「いま、通信教育で勉強してるから……」とつぶやいた。

「通信教育?」

「ああ、ホームスクールとも言うんだけどね」と慎。ちょっと照れたように、「おれ

って中学しか行ってないから……」と言った。

そうか……。慎は、確か14歳のときに向井監督に見出されて、芸能界にデビューした。それからの5、6年は人気俳優として作品への出演が続いてきて……。

「高校には3ヵ月行っただけで中退しちゃったんだ……」と慎。

「……それで、いまはホームスクールで？」

「ああ、今年に入ってから勉強をはじめたんだ」

「偉いわね……」

「全然……。どうって事ないよ」

と慎。そんな話をしていると、愛がうつらうつらと居眠りをはじめた。4時起きだったから仕方ない……。店の奥に、かなり古ぼけたソファーがある。愛は、いつもそこで仮眠するのだけど、いまわたしの手はサバのウロコだらけだ。

「よし」と慎。愛をそっと抱き上げ、運んでいく。ソファーに寝かせた。

「ありがとう、慎ちゃん……」と愛。半分寝ぼけた声で言った。そして、

「そうだ……大人になったら、こう言おうかな。初めてその腕であたしを抱いてくれた人は、あの内海慎だって……」と寝ぼけ声のまま言った。そして、

「うふっ……」とつぶやいた。わたしと慎は、顔を見合わせ苦笑い。

「あんたねえ、そのへらず口に、サバを丸ごと突っ込んであげようか？」

わたしは笑いながら言った。

そうしながらも、包丁を動かしサバのウロコをとる。そんなわたしに、慎がカメラを向けた。店に軽快なシャッター音が響き続ける……。

「あ、可愛い！」という声。店の外で聞こえた。

土曜の正午だ。

今日も、猫のサバティーニは出窓にいて、外を見ている。丸い眼をさらに丸くして……。

声を聞いたわたしたちも、サバティーニの後ろから外を見た。

若い女性たちが三人いた。一見して観光客だとわかる。その人たちが、出窓にいるサバティーニを見て、口々に〈可愛い！〉と言っている。気づけば、葉山に観光客がやって来るシーズンになっていた……。

猫のサバティーニも興味深そうに、彼女たちを見ている。

やがて、彼女たちは、ここがレストランだとわかったようだ。ドアを開け入ってきた。

「この、パスタ・サバティーニって？」と一人がメニューを見て訊いた。

「それは、お魚とトマトの地中海風パスタです」と愛。スラスラと口にした。

その三人は、パスタ・サバティーニをオーダーしてくれた。カウンターの中に戻ってきた愛に、わたしは〈地中海風？〉と書いたメモを見せた。

すると、〈トマトと魚介を使えば、何だって地中海！〉と愛が走り書き。わたしは、肩をすくめパスタを作りはじめた。するとまた外で、

「可愛い！」という声。女性の二人組が、出窓のサバティーニを見ている。すると愛が、店のドアを開け、

「いらっしゃい！」と言った。


「うーむ、お前さん、招き猫だったとは……」

わたしは、サバティーニを見てつぶやいた。

夕方の5時過ぎだ。昼から夕方までに、三〇人以上のお客がきた。みな、出窓のサバティーニを見て足を止めた観光客たちだった。

「けっこうな売り上げだよ」と経理部長の愛が、レジのお金を数えている。

正直、慎のファンが来る数は減ってきていた。

慎のブログは、いまのところ東南アジアの写真ばかりだ。

おまけに、4月からはじまったドラマに慎は出ていない。なので、ファンたちは慎が海外にいると思っているらしい。

そんな理由で、店に来る慎のファンは一時よりかなり減っていた。

売り上げも、愛に言わせると〈右肩下がり〉。つまり下り坂……。

しかも、毎月15万円の借金返済が重くのしかかっている。先月は、なんとか返済金を13万円にまけてもらったのだ……。

このままじゃ、やはり店を売るはめになるのか……。そんな状況を、もしかしたら、招き猫のサバティーニが救ってくれるかもしれない……。

「あ！　さっそく！」と愛。スマートフォンを手にして言った。その日の午後6時過ぎ。愛が見てるのは、インスタグラムだ。

〈# 葉山大好き〉とタグづけされた投稿……。まず、出窓にいるサバティーニの写真。そして、パスタ・サバティーニも載っている。明らかに、今日来たお客の投稿だ。

〈可愛い看板猫ちゃんに癒され、地中海風のパスタに満足！〉とある。〈ツボ屋〉というちの店名や場所も書いてある。

愛が、さらに検索している。〈葉山〉と〈看板猫〉をキーワードに検索しているらしい……。やがて、

「またあった！」と愛。同じようなインスタの投稿を見つけた。

確かに、今日来たお客のほとんどが、サバティーニとパスタの写真を撮っていた。

サバティーニは、ひたすら自分の家族を探したくて出窓から外を見ているらしい。

けれど、通りがかりの観光客からすると、眼を丸く見開いて外を見ている可愛い仔猫……。

「これは、棚からボタモチかも……」と愛。

24　そのとき、風が吹いた

「いたいた！」「可愛い！」

そんな声が、店の外で響いた。

翌日の日曜。午前11時半だ。出窓の外には、四人組の女性たち。もう、スマートフォンを出して、出窓のサバティーニを撮っている。

あきらかに、昨日インスタにアップされた投稿を見て来たお客らしい。

「いらっしゃい！」と、ドアを開けた愛の声が響いた。

その日だけで、四〇人を超えるお客が来た。

「あ、可愛いじゃん」わたしは愛に言った。

月曜日の夕方だ。学校から帰ってきた愛が、デイパックから猫用の首輪を取り出した。

近所のペットショップで買ってきたらしい。サバティーニが女の子なので、赤い首輪だ。

愛は、それにつける丸っこい迷子札に名前を書きはじめた。

やがて、ボールペンで書き終わる。見れば〈本田サバティーニ〉と書いてある。そして、携帯の番号……。

〈本田〉は、愛の苗字だ。という事は、

「この子、あんたの妹にするの？」訊くとうなずいた。そして、迷子札をサバティーニにつける。

「お母さんが見つからなくても、あたしたちがずっと面倒を見てあげるからね……」と言った。サバティーニを抱き上げ、

「お前、うちの大事な子だよ」と愛は言い、さすがにちょっと照れた表情……。そして、

「なんてったって、有能な宣伝部長だし……」とつぶやいた。

サバティーニは、小さな声でニャッといった。〈ありがとう〉とでも言うように…

……。窓から入る夕方の陽が、プラスチックの迷子札を光らせている。

キンッと、乾いた打球音がテレビから聞こえた。そして、観客席の歓声……。

夜の7時半。店のカウンターでは、一郎と武田がビールを飲んでいた。

魚市場で働いているおじさん二人も酎ハイを飲んでいた。

テレビはNHKのBS。いま野球の番組をやっていた。東京に本拠地を置く名門チーム。その若いバッターの特集番組をやっていた。

矢野鉄也という若いバッター。このところ、絶好調らしい。

まだ若いのに、その名門チームの三番打者。はじまったペナントレースでも、すでにホームラン六本。打率でも、セ・リーグのトップ争いをしているという。

なので、その矢野鉄也の特集番組が流されている。

このところの矢野の活躍したシーンが次々と流される。そして、スタジオでのインタビュー。

「絶好調ですね」とNHKの局アナ。

「まあまあです」と矢野。かなり自信にあふれた表情。気の強そうな選手だ。

「何が、まあまあだよ」と魚市場のおじさん。酎ハイを手に吐き捨てた。

葉山では、この東京のチームに対抗する横浜ファンが多いのだ。うちのお爺ちゃんのように……。

「いまホームラン・ダービーでもセ・リーグのトップを走っている好調の矢野さんですが、これまでに悔しさの残る試合ってあったんでしょうか」とアナウンサー。

矢野は、5秒ほど考える。

「ありましたね」

「というと、それは？」

「高校三年、夏の甲子園の準決勝です」と矢野。すると、その試合のダイジェストが流れはじめた。NHKなので、甲子園の映像は自由に使えるようだ。

「この試合、私も覚えてますが激闘でしたよね」とアナウンサー。

対戦してるのは、徳島県代表と神奈川県代表の高校。

徳島は、矢野のいる高校。そして、神奈川代表は、一郎がいる高校だ。

わたしも、テレビの画面に見入った。

確かに大接戦だった。逆転、また逆転……。

9回表まで終わって、7対6で一郎の神奈川代表が1点のリード。

9回裏、徳島最後の攻撃。

そこで神奈川の守備にミスが連発。2アウト満塁のピンチになってしまった。

徳島が1点入れれば、同点。2点以上入れば逆転サヨナラ勝ち。

そして、バッターボックスに入ったのは、四番打者の矢野。

マウンドにいるピッチャーは、一郎だ。

「このすごい状況で、四番打者の矢野さんと、神奈川代表のエースである矢嶋投手の対決という、とんでもない事になったんですね」とアナウンサー。

矢嶋は、一郎の苗字だ……。

マウンドにいる一郎のアップも映った。高校生だった一郎も、ユニフォーム姿の一郎も、初めて見る……。わたしは、画面を見つめた。店にいる誰も口を開かない……。

やがて、対決がはじまった。

ストライク、ボール、ファウル……。そして、カウント2-3。

一郎が矢野を三振にとれば、試合終了。

フォアボールなら、押し出しで同点になり延長戦に……。

矢野がヒットを打てば、徳島にサヨナラ勝ちの可能性がある。

そんな、運命の一球……。一郎は落ち着いた表情。キャッチャーと短く打ち合わせ。

そして、ゆったりとしたフォームで投げた。

ボールは、内角低め。キャッチャーがかまえたミットに吸い込まれた。

「ストライク・アウト!」と審判のジャッジ。

三振、試合終了！　神奈川の勝利。

矢野は、バットを握ったまま天を仰いだ。一郎のチーム・メイトたちが両手を突き上げ一郎の方に駆け寄ってくる。

「劇的な幕切れでしたね」とアナウンサー。「あのとき、矢野さんは天を仰いでましたが……」と訊いた。矢野は、うなずく。2、3秒ほど無言……。

「テレビにも映ってるでしょうが、ピッチャーが投げた瞬間、風が吹いたんです。かなりの突風が……」と矢野。

「で、僕は思わず一瞬目を閉じてしまったんです」

と言った。そのときの映像がリプレイされる。確かに、一郎が投げた瞬間、かなりの風が吹き、グラウンドの土が舞った。

「それで、ボールを見送った？」とアナウンサー。

矢野は、少しあいまいにうなずいた。そして、

「言い訳はしたくないんだけど、あのとき風が吹いてなければ、どうなっていたのか……という思いはあります……。あのときの打席に、もう一度戻ってみたいと思う事がいまでもあります」矢野がつぶやくように言った。

「言い訳しやがって！　三振にとられたからって！」と魚市場のおじさんが吐き捨て

た。

そのとき、

「あれは、言い訳じゃないよ」と一郎が言った。

みんなが、一郎を見た。

「おれが投げた瞬間、確かに強い風が吹いて土が舞ったんだ。矢野が一瞬ひるんだのも見えていた。同時に、おれの投球がストライク・ゾーンの隅に入っていたのも見えていた……」

一郎は、静かな声で言った……。みな、無言でいた……。

やがて、武田がビールでノドを湿らす。

「結局、あのときの矢野に運がなかったのか……」とつぶやいた。

「……まあ、それは神のみぞ知るって事かな……」と一郎がつぶやいた。ビールに口をつけた。

小雨が、出窓のガラスを濡らしはじめていた。サバティーニが、相変わらず窓の外を見ている……。

「あら、久しぶり」わたしは、出刃包丁を手にしたまま言った。

火曜の午後4時。店に入ってきたのは、葛城の娘、里香だった。

いま店に客はいない。わたしはサバのウロコをとっていた。愛は大きな鍋でトマトを茹でている。里香は、学校の帰りらしく制服姿だった。ふり向いた愛に、

「さっきの話の続きだけど」と言った。どうやら、学校で何か話したらしい。里香は、愛と同じ中学に通っている。愛より一級上の三年生だ。

「ほら、あの調査会社が来た件だよ……」と愛がわたしに言った。

里香は、わたしを見る。説明しはじめた。

「うちのママが電話してたのを、たまたま聞いちゃって」と言った。母親が、どこかに電話していたという。うちの店に調査に行く、その依頼をしていたらしい。その電話の断片を、里香は聞いてしまったという。

「さっき学校で愛に訊いたら、〈海果が詳しく知ってるよ〉って言うから……」

と里香。わたしは、うなずいた。

葛城の妻が雇ったらしい調査員がうちの店に来た、そのときの事をサラリと話した。

里香は、無言で聞いている……。

「まあ、そういう事」わたしは、話し終わった。里香は、冷静な表情でうなずいた。

「ママらしいやり方……」とだけ言った。里香は学級委員もやっているという。頭は良さそうだけど、同時にクールな性格のようだった。

「それって、サバ？」と里香。また板にのっている魚を見てる。

「そうよ。見た事ないの？」わたしは苦笑い。

そういえば、このところ里香は弁当を買いにこない。4月はじめ、中学でサバを使った弁当の販売を再開して以来、一度も買いに来ていない。

母親と葛城の離婚。それによって、葛城も販売を手伝っている弁当を買うのを控えているのだろうか……。

里香は、しばらく無言でいた。やがて、

「サバには、忘れられない出来事があって……」とつぶやいた。

25　ハートロス

「あれは、わたしが小学六年のときだった……」と里香。

「お父さんの友達に釣り好きな人がいて、その人が釣ったサバを三匹ぐらい届けてくれたんだ……」と話しはじめた。

「お父さんは、それをしめサバにしようとしてさばきはじめたんだ。そしたら、ママが〈キッチンが魚臭くなる〉って言って……」

「で？」とわたし。

「そのサバを生ゴミのバケツに捨てちゃった」と里香。

「もったいない……」愛がつぶやいた。わたしは、包丁を手にしばらく無言でいた……。

「そのとき、お父さんは悲しそうだった？」と訊いた。里香がうなずいた。

「悲しそうでもあったし、なんか困惑した顔をしてた……」

「困惑？」

「そう。自分はなぜこんな相手を選んでしまったのか……そんな困惑だったみたい。なんか、道を間違えて迷った子供みたいな表情をしてた……。あの顔は、いまでも忘れられないわ」

と里香は言った。さらに、

「ママは昔からキッチンが魚臭くなるのが大嫌いだった……。でも、食べられる物を捨てるって……よく言われてるフードロスだよね」と言った。愛が、うなずき、

「日本人一人が、一年に41キロの食べ物を捨ててるって農林水産省の調査でわかったんだって……。この前、ネットのニュースにのってたよ」と言った。

「一年に41キロ……」里香が思わずつぶやいた。

わたしはうなずき、さらに10秒ほど黙っていた。……そして、口を開いた。

「それって、フードロスでもあるし……ハートロスかも……」

「……ハートロス？」と里香。わたしは、うなずいた。ひと呼吸……。

「食べ物を平気で捨ててると、知らず知らずのうちに、心が欠けていっちゃうんじゃない？」

「心が？」と里香。

「そう、少しずつ欠けていって、知らないうちに心のない人になっちゃう……。そんな気がするんだ……」

わたしは、つぶやくように言った。里香は、しばらく無言……。やがてまた、

「ハートロス……」と小声で言った。じっと、何か考えているようだ。

わたしは、またサバのウロコをとりはじめた。

細かく飛び散った銀色のウロコが、窓から入る夕方の陽射しに光っている。店のミニ・コンポからは、〈Without You(ウィズアウト・ユー)〉が低く流れている。

「あれ、愛は？」わたしは、教室の入口で訊(き)いた。

木曜日の午後。わたしは、中学で弁当の販売を終えた。その日は、四〇個の弁当を売った。

葛城と一緒に、片づけや売り上げの計算を終えると、もう6時間目が終わっていた。

わたしは、愛のクラス〈2－C〉に顔を出した。親友のトモちゃんがいたので、

〈愛は？〉と訊いた。

「愛なら、いまさっき帰ったよ。お母さんのお見舞いに行くって……」とトモちゃん。

「あ、そうか……」とわたし。

見れば、トモちゃんと同級生が、北海道のガイドブックを広げている。今年、葉山二中の修学旅行は北海道だという。

わたしがこの中学に通っていた頃から、修学旅行といえば関西。京都・奈良だった。けれど、それは生徒にあまり評判が良くなかった。

中学生に京都などの良さが分からなくても、当然かもしれない。

しかも、歴史のある街というなら、葉山のすぐ近くには鎌倉がある。

そこで、学校は生徒に希望する行き先のアンケートをとったようだ。すると、人気のダントツ1位は北海道だったらしい。

しかも、富良野にあるラベンダーの花畑だという。

わかる……。葉山という小さな海岸町で育った子たちが、大地に拡がるラベンダーの花畑を見たいという気持ちは、よくわかる。

そこで、今年の修学旅行は北海道になったという。その分、旅行の積み立て金は少し高くなったようだけれど……。

スケジュールは、富良野のラベンダーが見頃になる7月中旬。一学期の期末テストが終わった3日後に出発するという。

まず、バスで茨城県の大洗に行く。大洗港からフェリー〈さんふらわあ〉で北海道の苫小牧へ……。

そこからは、またバスで十勝平野の牧場や、ラベンダーが咲き誇る富良野をめぐってくるという。

いま、トモちゃんと同級生たちはその北海道のガイドブックを広げてわいわい話している。そこから抜けたトモちゃんが、わたしと向かい合っていた。

「愛のお母さん、大丈夫なの？」トモちゃんが訊いた。

「どうなんだろう……」とわたし。「愛が帰ってきたら訊いてみるよ」


「ただいま！」明るい声がして愛が店に戻ってきた。夕方の5時過ぎだ。

「お母さん、どうだった？」とわたし。

「まあまあかな。かなり話せたし……」と愛。二階に上がって行った。

まな板を洗っていたわたしは、〈なんか変だな〉と思った。

愛は、暗い子ではない。けど、いまの〈ただいま！〉は不自然に明るい感じがした。無理して作った明るさのようだった。

お母さんのお見舞いは、けっこう疲れるはずだ。耕平によると、病院までのバス代も倹約し、かなり歩いて病院に行っているらしいし……。

最近の愛は、店に戻ってくるとまず出窓にいるサバティーニを撫でる。けど、いまはそれも忘れているようだ。

わたしは、手を拭(ふ)く。そっと二階に上がってみた。愛は、部屋の床にぺたっと座っていた。何か落ち込んだような、その後ろ姿……。わたしは、そっと声をかけた。

「ちょっと海の風を吸わない？」

ずいぶん日が長くなった。

6時近くなのに、夕陽が森戸の砂浜に射している。もう5月だから、当たり前なのだけど……。

「お母さんの入院費、払えたの？」わたしはストレートに訊いた。

「なんとか……」と愛。水平線を見つめて、ポツリと言った。その顔が、夕陽を浴びて夏ミカン色に染まっている。

「もしお金のやりくりが大変なら、お母さんの実家に頼めないの？」とわたし。

お母さんの実家は、鎌倉で〈倫敦亭(ロンドンてい)〉というレストランをやっているといつか聞いた。鎌倉や葉山に暮らす年配の人なら知っている、いわゆる老舗(しにせ)の洋食屋だ。

愛は、しばらく無言でいた。やがて、

「あのお店は、2年前にダメになっちゃって……」とつぶやいた。

「ダメ？」

黄昏(たそがれ)色に染まる海。葉山マリーナに帰るヨットのシルエットが、ゆっくりと動いていく……。

「お爺(じい)ちゃんが経営してた〈倫敦亭〉は、すごくちゃんとした店だったんだけど……」愛が口を開いた。

「だけど？」

「うん……。いい食材を使って、手間や時間を惜しまないで料理を作ってたんだけど、それだけにどんどん経営が苦しくなって……」と愛。

「近くに安いチェーン店ができて、さらに経営が難しくなって……それでも頑張ってたお爺ちゃんは頑張り過ぎて……2年前、心筋梗塞(しんきんこうそく)の発作を起こして死んじゃった。厨房(ちゅうぼう)で倒れて……」

つとめて淡々とした口調で愛が言った。わたしは返す言葉を失っていた……。

「その半年後、生きる支えを失くしたお婆ちゃんは軽い認知症になって、いまは介護施設に入ってなんとかやってる……」と愛がつぶやいた。

葉山マリーナに帰るヨットは、もう視界から消えた。

「一生懸命にちゃんと仕事をしてる人が恵まれないのが、いまの世の中なのかなぁ……」

そうつぶやいた愛の頬に、光るものがある。

わたしは、深呼吸……。黄昏の海風を胸に吸う……。

「そういう風に言う人もいるけど、わたしはそう思いたくないな……」とつぶやいた。

「慎ちゃんが言うみたいに、一生懸命やってる人は、美しい？」と愛。

わたしは、うなずいた。

「美しいだけじゃなくて、きっとどこかに神様がいて、一生懸命に頑張ってる人を見守ってくれてると思いたいな……。それじゃなきゃ、悲し過ぎるよ……」

「……そだね……」と愛。

「あんたのお爺ちゃんは残念だったけど、お爺ちゃんはもしかして、使わなかった運をあんたに残して天国に行ったのかも……」

「そっか……」と愛。暮れていく海を見つめて、「そうなのかなぁ……」と鼻にかかった涙声でつぶやいた。

カモメが二羽、黄昏の風に漂っている。頭上からは、チイチイという鳴き声が、かすかに聞こえていた……。

風の中に、そこまで近づいてきた夏の匂いが感じられた。

「あ、カサゴ！　ホウボウもいる！」と愛が言った。

朝の5時。魚市場。わたしたちは、魚拾いと、サバを買うために来ていた。

魚市場の隅、大型のポリバケツがある。中には、いわゆる〈端物〉が放り込まれていた。

店に並べても売りづらい。数が揃わず出荷できない。そんな半端なものがバケツに入っていた。

ホウボウが三匹、カサゴ、ワタリガニが二匹ずつ……。どれも、一般の主婦にはなじみがなく、まず売れないだろう。なので、無造作にバケツに放り込まれている。たぶん、捨てられる……。

愛が、近くにいるおじさんに、

「これ、もらっていい？」と訊いた。

髪を二つに分けたあどけない愛を見た市場のおじさんは、

「ああ、持っていきな。どうせ売れないんだし」と笑顔で言ってくれた。

「ええと、サバ何匹だっけ……」と一郎がわたしに訊き直した。

わたしは、メインの食材のサバをいつも通り一匹30円で買おうとしていた。

「今日は一〇匹よ。さっき言ったじゃない」とわたし。

「あ、そうだったっけ……」と一郎。サバをわたしのバケツに入れはじめた。

ここしばらく、一郎は何かうわの空な感じのときがある。

なぜだろう……。テレビで観た、元ライバルの野球選手・矢野鉄也の事が気にかかっているのだろうか……。

26 ブイヤベースではじまる恋もある

わたしは、一郎にお金を払ってサバを中型のバケツに入れてもらった。

「ねえ、ブイヤベース作らない？」と愛。小さなバケツを手にして言った。魚市場から店に帰る途中だった。

「ブイヤベース、悪くないね」

わたしは言った。愛が持っている小さなバケツには、カサゴ、ホウボウ、ワタリガニ……。

ブイヤベースは、もともと地中海の漁師料理だという。その日漁師が獲った魚介。それの売れ残りで作っていたものらしい。いま愛のバケツに入っているのは、ちょうどブイヤベース向きの魚介類だ。

そして、わたしはふと気づいた。今日は、耕平が野菜を届けてくれる日だった。そしてうちで晩ご飯を食べていく日。

それもあって、愛はブイヤベースと言ったのだろうか……。

店の中にいい匂いが漂いはじめた。

カサゴやホウボウの頭、それに水と白ワイン少量を加えて弱火で煮る。魚のスープをとるためだ。……やがて、淡い金色のスープがとれた。

かなり深さのあるフライパンに、オリーブオイルと刻んだニンニクを入れ加熱する。すでにいい匂いが漂いはじめる……。

あとは、簡単だ。そのフライパンに、出来たばかりの魚のスープ、潰した湯むきトマト、そしてぶつ切りにした魚やワタリガニをぶち込む。

〈こいつは漁師料理だから、手早く、勢い良く作るんだ〉とお爺ちゃんは言っていたものだ。

フライパンでは、魚のスープ、トマト、そして魚介類が煮立ちはじめる……。それに、サフラン、塩、コショウで味つけすればオーケー。魚介もトマトも新鮮なのだから、必要以上には手をかけない。

「出来たわよ」

わたしは、ブイヤベースをテーブルに置いた。その匂いを嗅いで、愛と向かいあっている耕平の目が輝いた。

二人は、ブイヤベースを食べはじめた。

ホウボウもカサゴも、ぶつ切りにしてあり、骨はとっていない。耕平は、魚を食べ慣れていないらしく、少しぎこちない。

「ほら、それは小骨をとらなくちゃ」などと愛が面倒を見ている。

わたしは、二人をそのままにして店を出た。気をきかせたとも言える。

夕暮れ。太陽が、江の島の向こうに沈もうとしている。店の前には、耕平の自転車がある。わたしは、その荷台に腰かけ、海風を胸に吸いこむ……。

そのときだった。奈津子が歩いてくるのが見えた。

「あれ？　愛のやつ、彼氏つくったのか……」と奈津子。店の出窓から中を覗いて言った。

出窓には、相変わらず猫のサバティーニ。店の外を見ている。奈津子は、サバティーニに手を振りながら、店の中を見る。そこには、ブイヤベースを間にした二人……。

「あの男の子、いつもトマトとかの野菜を届けてくれる子だよね」

「そう。農家の子で、中学の同級生」とわたしは言った。

「そうか、愛の同級生か……」と奈津子。二人は、愛が、ホウボウの骨をとってあげ、それを耕平の皿にのせてあげている。何かポツリポツリと話しながら、ブイヤベースを食べている。

「いい感じじゃない……」と奈津子。わたしは、うなずいた。耕平も愛も、着古したTシャツに擦り切れかけたビーチサンダル姿。けれど、そこにはまぎれもなく温かい空気が漂っていた。

「青春してやがって……羨ましいねえ……」奈津子がつぶやいた。

「ところで、あんたの母さんの名前、エミコだったよね」奈津子がふいに訊いた。

「正確にはね……」わたしは言った。

母さんの名前は、絵美子。だけど、周囲はみんな〈エミ〉とか〈エミちゃん〉とか呼んでいた。

絵美子よりエミの方が、ウインド・サーファーの母さんには似合っていたようだし、呼びやすい。なので、ほとんどの人がエミと呼んでいた。

「そうだったね……」と奈津子はつぶやいた。

「それが？」とわたし。

「実は……」と奈津子。今日の午後、ウインド・サーフィンの練習を終えた彼女は、いつものように逗子のショップで一息ついていたという。

「そのとき、店のオーナーと話してる人がいて、それがあのミスター熊井でさ……」

「熊井……」とわたし。「それって、うちの店を買い取りたいと言っている人だよね」と言った。奈津子は、うなずいた。

「彼は、わたしに気づいて声をかけてきたんだ」

「で？」

「君、森戸にあるエミコさんの店に出入りしてるよね？　そう訊いてきたんだ」

「へえ……」

「それはそれとして、彼、〈エミコ〉ってはっきりと言ったんだ」

「はあ……」わたしは、思わず間抜けな声を出していた。

「母さん、ほとんどの人から〈エミ〉って呼ばれてたんだよね。その母さんをちゃんと〈エミコさん〉って呼ぶって、珍しいと思ってさ」

「……うん、本名のエミコで呼ぶって、かなりちゃんとした知り合いだよね。元の同級生とか……」わたしは言った。

ふと考えれば、母さんもそろそろ40歳。あのミスター熊井も、同じくらいの年に見えた。もしかして、あのミスター熊井が昔から母さんを知っていたとか、ありえるのだろうか……。

「で、彼はなんて?」

「〈ツボ屋はどう?〉って訊いてきたから、〈まあ、なんとかやってるみたい〉ってとぼけておいたよ」と奈津子。

「ありがとう」わたしは言った。

それにしても……。母さんをちゃんと〈エミコ〉と呼ぶ人は、やはり珍しい。あの熊井という人と、母さんはどんな間柄だったのだろう……。わたしは、ぼんやりとそんな事を考えていた。

店の中では、相変わらず愛と耕平がブイヤベースを食べている。愛が、骨の多いカサゴから身をこそげとっている。

「食べ物を無駄にすると、神様に叱られちゃうからね……」という声がかすかに聞こえた。

愛は、骨からこそげとったカサゴの白身を、耕平の皿にのせてあげている。森戸海岸から、リズミカルな波音が聞こえていた……。

「はい、これ」と愛。葛城に小さな包みを差し出した。

日曜の午後6時。今日も、猫のサバティーニにひかれたお客がたくさんきた。パスタ・サバティーニのオーダーが四〇皿以上入った。

昼間から、葛城がきて手伝ってくれていた。彼はもう、妻子と別れて一人暮らしなので、時間があるのだ。

そんな、忙しい日曜が過ぎようとしている夕方だった。愛が、葛城に包みを渡したのだ。葛城は、不思議そうな顔でその包みを手にした。

「今日って、父の日じゃん。それ、里香から」

と愛。一昨日（おととい）の金曜、学校で里香から渡されたという。

「そっか……」わたしは、つぶやいた。今日は6月の第三日曜、父の日だ。

葛城は、その包みを手にして眺めている。淡いブルーの紙で、きれいにラッピングされた包み……。

「開けてみれば？」とわたし。やがて、葛城は複雑な表情で、そのラッピングを開けはじめた。慎重に包みを開いていく……。その30秒後、

「いやあ、まいったなあ……」と思わず苦笑い。

包みから出てきたのは、なんと養毛剤だった。製薬会社のもので、箱には〈養毛効果抜群〉と印刷されている。

「あれ？　養毛オジサンは？」とトイレから戻ってきた愛。

「外にいるよ」わたしは、お皿を洗いながら言った。

葛城は、〈ちょっと外の風に当たってくる〉と言い、店を出ていったところだった。

わたしは、手を拭くと出窓のところに行った。愛とサバティーニと一緒に外を見た。

葛城は、店の前の道に佇んでいた。もう、外は暗い。けど、店からもれる明かりがその後ろ姿に……。

斜め後ろの姿しか見えないけど、葛城はどうやら養毛剤の箱を手にしている。

そして、じっと見つめているようだ。

その肩が、かすかに震えているように見えたのは、気のせいではないだろう……。

半袖のポロシャツを着たその肩が、確かに震えていた。

店には、ローリング・ストーンズの〈As Tears Go By〉が静かに流れていた。


「空梅雨だなぁ」と一郎。まばゆい青空を見上げて言った。

午前6時過ぎ。わたしと一郎は、近くの森戸海岸を歩いていた。

今朝も、魚市場で魚やイカを拾い、一郎からはたくさんのサバを買った。

それを運ぶのを、一郎が手伝ってくれた。重いポリバケツを軽トラに載せて店まで運んでくれた。

ひと息ついたわたし達は、ぶらぶらと砂浜を歩いていた。愛は、店で仮眠している。

もう、6月が終わろうとしている。普通なら、梅雨の真っ最中だ。けれど、このところ快晴が続いている。

太平洋高気圧が東日本をおおっているのだ。

今日も、ソフトクリームのような白い夏雲が、青空に湧き上がっている。手脚を叩く陽射しは熱い。わたしたちは、そんな陽射しを浴びて砂浜を歩いていた。

一郎は、軽トラの運転席にあった野球のボールを手にしていた。古ぼけたボール。それを、手の中で遊ばせながら、歩いている……。

「なんか、考え事？」わたしは訊いた。

「……まあな……」一郎がつぶやいた。

27　あの夏に忘れ物

「矢野鉄也と会った？」わたしは訊き返していた。

いま、東京を本拠地にした球団で活躍している矢野鉄也……。

高校三年、夏の甲子園で一郎が対決した矢野……。あの彼と、プロになってから話す事があったという。

「プロ入りしてすぐのオープン戦だった」と一郎。

一郎は、横浜を本拠地にする球団に入った。そのチームと、矢野のチームが、春のオープン戦で対戦したという。

「おれも矢野も入団したばかりの新人で、出場のチャンスはなかった……。でも、試合が終わったあと、球場の片隅でばったり会ってね」

「へえ……」

「ほんの5分ほどだったけど、話したんだ」

「……どんな話を？」

「やっぱり、甲子園のあのときの事さ」

「一郎が投げた瞬間に突風が吹いて土が舞い上がったあのとき？」とわたし。一郎は、うなずいた。

「確かに、あのとき風が吹いてなかったらどんな結果になってたかわからない。矢野にホームランを打たれてたかもしれないし、逆におれが空振りの三振にとってたかもしれない。それは、誰にもわからない……」

「それって、まだ勝負がついていないってこと？」とわたし。一郎は、軽くうなずいた。

「そうだな……。矢野とおれの決着は、まだついていない。その事を球場の隅で話したよ」

「決着……」

「そう、ピッチャーとバッターとしての決着は、まだついていない。だから、これからはじまるセ・リーグの試合で、決着をつける事になるな……。そんな事を話して別れたよ」

「少し迷ってるんだ……」と一郎。ボールを手にして言った。

「……彼との決着について？」

「ああ……。矢野とは、プロ野球の世界で対戦して決着をつけようと話した。けど、おれは戦力外通告をうけてプロの世界から離れた……」

「……でも、それは、妹の桃ちゃんの事故死っていう突然の出来事があったからで……」とわたし。一郎は、うなずいた。

「そうなんだけど、プロ野球の世界から去った事に変わりはないよ。……そして、あの矢野との決着はつけられないままだ」

と一郎。陽射しに目を細め、青空を見上げた。

「矢野にしたって、いくらプロ野球で活躍しても、あの夏の甲子園の一球は、生涯忘れられないだろう……。それは、おれも同じさ。おれと矢野は、あの夏に忘れ物をしてきたんだ……」

「忘れ物……」

「ああ……大きな忘れ物だな……」と一郎。軽く息を吐いた。「その忘れ物をなんとかしないと、人生のこれから先に進めない気がしてる……」

わたしは、うなずいた。

「で……そのためには？」

「もう一度、グラウンドで矢野と勝負するしかない」

「という事は、プロ野球の世界に戻るって事？」

一郎は、しばらく考えていた。やがて、

「それができるかどうかは、全くわからないが、挑戦してみるかどうか、それで少し迷っているよ……」とつぶやいた。

わたしは、武田が言った事を思い出していた。

つい最近、一郎の投球を受けてみて驚いた。球速もコントロールも以前と変わっていない事に……。

それを思い出していた。

自分の腕に鳥肌が立った事も……。


やがて、空を眺めていた一郎が、何か吹っ切れたような表情を見せた。

「うじうじと迷ってても仕方ないな」と言い白い歯を見せた。

一郎は、砂浜にかがみ込む。落ちていたサザエを拾い上げた。波にもまれて砂浜に打ち上げられたらしいサザエの殻だ。

その朽ちかけたサザエの殻を、高さ50センチほどの岩の上にポンと置いた。

そこから、歩測する。ピッチャーズマウンドから、バッターボックスまでの距離を測ったらしい。その位置から、サザエの殻を狙って投げるのだろうか……。

「あいつに当たったら、プロ野球にカムバックする事について本気で考える。はずれたら、もう考えない事にする」と言った。

〈それほど大切な事を、そんな簡単に決めていいの……〉わたしは、そう言おうとした。けど、一郎の横顔を見て言葉を吞み込んだ。

〈ワンチャンスあればいいのさ〉とその横顔が言っている。きっぱりと……。

一郎は、目を細め、サザエの殻を見た。

「外角低め……」とだけつぶやいた。

いま一度、ボールを握りなおす。そして、深呼吸……。

ゆったりとしたモーション……。全身が力強くしなり、速球が砂浜の空気を切り裂く。

サザエの殻が、バラバラに砕け散った。

「え？　愛が修学旅行に行けなくなりそう」

わたしは、思わずトモちゃんに訊き返していた。

7月12日。期末テストが終わった翌日。その昼頃だ。

これから一学期の終業式まで、授業は午前中で終わる。

そして、愛やトモちゃんたち二年生は、2日後に修学旅行に出発する予定になっている。

その日の授業が終わった午後、武田が顧問をやっている野球部は練習をするという。

そこで、部員一〇人分の弁当を作ってくれないかと武田に頼まれていた。

わたしは、その弁当を作り中学に届けた。そして、愛のクラスに顔を出してみた。

すると、親友のトモちゃんが言ったのだ。〈愛が修学旅行に行けなくなるかもしれない〉と……。

「入院してるお母さんの容体が悪化したらしくて……」とトモちゃん。

今朝まで、愛はそんな事を言ってなかった。午前中に病院から連絡がきたのだろうか……。

「もし愛が行けなくなったら、どうしよう……。一緒に北海道のガイドブック見て盛り上がってたのに……」とトモちゃん。

わたしは、うなずいた。教室から、外に出る。校庭では、野球部が練習の準備をしていた。そこに愛の担任の武田がいた。

「あの、愛の……」と言うと武田はうなずいた。

「お母さんの容体が悪化したと本人から聞いたよ。もしそうなら修学旅行は残念だが、よく本人の話を聞いてきてくれ。愛はいま、病院に行ってるらしいから……」


愛が帰ってきたのは、午後の4時だ。うつむいて、店に入ってきた。

「お母さんの容体が悪化したの？」わたしは訊いた。愛は、うつむいたまま……。

「かなり悪いみたいで……」と言った。わたしが何か言おうとしたそのときだった。

「嘘つくなよ！」という声。

店のドアが開いて、耕平が立っていた。トマトの入った段ボールを持っている。

「おれ、今日も親父の付き添いで病院に行ったんだ。それで、お母さんの病室をのぞいたら、お前とお母さん、普通に話してたじゃないか！」と言った。

その瞬間、愛は通学用のデイパックを放り出す。店を飛び出していった。

耕平が段ボールを置き、それを追いかけていく。わたしも、後に続いた。

砂浜を駆けていく愛。

「待てよ！」と言いながら、耕平が追いついた。片手で愛の肩をつかんだ。愛はバランスを崩し、前のめりに砂浜に転んだ。

「待てって言ってるだろう」と耕平。

やがて、愛はノロノロと上半身を起こした……。その顔は、砂まみれだ。

5分後。

愛は、砂浜にうずくまっていた。両膝を曲げ、そこに砂まみれの顔を押し当てていた。耕平は、そのそばに両膝をつく。

「お母さんは、重体なんかじゃない。なら、なんで修学旅行に行けないんだよ」と言った。

愛は、背中を丸め、かかえた両膝に顔を押し当てたまま……。

その背中が、震えている。1分……2分……3分……。やがて、

「……修学旅行の積み立て金、払えてないんだ……」と絞り出すような声で言った。

「積み立て金？」と耕平。

「お母さんの入院費を払うのがやっとで、積み立て金が去年から払えてないんだよ」と愛。

「だって、わたしの修学旅行なんかより、お母さんの命の方が大事だから……」と涙声で言った。

耕平は、ため息をついた。

「そうだったのか……」とつぶやいた。しばらく海に視線を送っている……。そして、

水平線を見たまま、

「お前が修学旅行に行かないんなら、おれも行かない」と言った。愛が、顔を上げた。

「耕平、そんなのダメだよ！」

「いや、そうする。もしお前がいなかったら、修学旅行の間も、来れなかったお前の事を考えちゃうから……」と耕平。

二人は、砂浜で言い争っている。

わたしは、そっと離れる。店の方に歩いていくと、奈津子が向こうから歩いてきた。

「なんか、もめ事？」と奈津子。砂浜にいる愛と耕平を見ている。

わたしは、歩きながらざっと説明した。聞き終わった奈津子は、

「お母さんの入院費を払うのがやっとで、修学旅行の積み立て金を払えてなかったのか、可哀想に……」とつぶやいた。

「しかし、お前が修学旅行に行かないんならおれも行かないって、直球ど真ん中の告白……。トマト少年、やるなあ……」

と奈津子。わたしは思わず苦笑い。けど、そんな場合じゃない。すぐにスマートフォンを出し武田にかけた。そして、事情を話した。

お母さんが重体というのは愛の作り話で、実は積み立て金を払えていないらしいと……。

「積み立て金が？」と武田。「ちょっと事務に確かめてみる。またかけなおすよ」

10分後。武田から電話がきた。

「いま確認してきた。事務が見落としてて、確かに愛の積み立て金は、去年の11月から払われてないな」

「じゃ、愛は修学旅行に行けないの？」

「それはそうだが……」と武田。20秒ほどして、

「その件は、明日まで待ってくれ」と言った。

わたしは、スマートフォンを手にじっと立っていた。もう明後日は、修学旅行の出発日だ。どうなるのだろう……。

28　きっと、神様が見ていたんだ

翌日は、久しぶりに梅雨らしい小雨だった。これでは、さすがにお客も少ない。ランチ時に二人組の女性客が来ただけだ。

午後3時。わたしは皿を洗いながら、

「なんで、もっと早く言ってくれなかったの？」と愛に言った。ちょうど一昨日(おととい)、逗葉信金に15万円の借金返済をしたところだ。店にお金はほとんどない。

愛はしょんぼりとして、

「だって、お店のやりくりがギリギリなのわかってたから……」とつぶやいた。わたしは、軽くため息。皿洗いを続ける……。

夕方の5時。ドアが開き、武田が入ってきた。

「やれやれ……」と武田。「校長と長話をして、ノドが渇(かわ)いた。ビールくれないか」

と言った。わたしはうなずき、ビールを出してあげた。

「このツボ屋がうちの学校のために弁当を作ってくれるようになったのは、去年の9月からだよな……」と武田。確かめるように言った。わたしは、うなずいた。

「言うまでもなく、この時代、ひとり親家庭などで満足な食事ができない子は多い。だから、おれが弁当作りを頼んだわけなんだが……」と武田。

「あの弁当を280円で売ってくれて、すごく助かってるよ。と同時に、このままでいいのかとも思ってた」

「このままで？」

「ああ……。あの内容で280円じゃ、まるで採算がとれてないんじゃないかと……」と武田。

「実は、ほかの先生たちからも同じ声が上がっててな」と……。

「ほかの先生たちから？」

「ああ……。あの弁当が良質なのは一見してわかる。それを、いくら卒業生の海果がやってるツボ屋だからといって、あんな値段で販売してもらうのはどうか……。学校側の甘え過ぎじゃないかという意見が出たんだ」

武田は、ビールをひと口……。

「そこでつい最近、西鎌倉にある弁当業者に来てもらって、あの弁当を見せたんだ。おたくでこれを作ったら、いくらになるかと訊いたよ」

わたしは、うなずいた。そういえば、6月の末。珍しく武田が弁当を一個買っていった。あれは、そういう事だったのか……。

「その業者の見立てだと、400円以上になると……。もし280円で売ったら絶対に赤字ですねと業者は言ったよ」

と武田。わたしは、冷えた麦茶を出し、自分と愛のコップに注いだ。

「おれは、その事を職員会議で話したんだ。そしたら、たとえば弁当一個につき100円でも、学校側がツボ屋に補助するべきじゃないかという意見が出て、全会一致で決まったよ」

「それって……」わたしは、コップを手に訊き返した。

「ああ……。おおざっぱに言っても、毎月二四〇個から三二〇個、平均すると三〇〇個ほどの弁当を作ってもらってるよな。その一個につき100円の補助、つまり毎月約3万円の補助金をツボ屋に払うのが当然じゃないかという意見に、すべての先生が賛成した」

と武田。「それを、去年の9月までさかのぼって払う事になった」と言った。

「去年の9月まで？」

「ああ、そうだ。弁当の販売を休んだ冬の間をのぞいても、7カ月分にはなるな。つまり、20万円以上を、とりあえずこの店に払うって事だ」

「20万円以上……」わたしは、思わずつぶやいた。

「職員会議で決まったばかりで、お前に話そうと思ってたところだった」武田はわたしに言った。

「そんなとき、愛の積み立て金の問題が起きた。で、さっき校長に話しにいったんだ。そしたら、校長がこれを読んでて……」と武田。新聞をカウンターに置いた。わたしと愛は同時に、

「あ……」とつぶやいていた。


それは今日の神奈川新聞。その文化欄。

〈テーマは『懸命に生きる』〉

〈人気俳優の内海慎さん、写真集を出版〉

そんな太字の見出しが目に入った。そして、かなり大きくその写真集の表紙……。

それは、わたしと愛の写真だった。二人で大量のサバが入ったポリバケツを運んでいる写真……。あのとき、慎が撮った一枚だ。わたしも愛も、必死な表情でポリバケツを運ぼうとしている。バケツの上から、サバのシッポがたくさん突き出している。

そして、写真の上に『生きている』のタイトルがレイアウトされている。

〈個性派の人気俳優・内海慎さんが、東南アジアや日本で撮りためた写真を一冊に編集〉

〈各地で一生懸命に働いている人々の姿をとらえた写真集〉

〈この夏に出版の予定〉

〈表紙には、三浦郡葉山町で食堂を営む十代の少女たちの真剣な姿をとらえた写真が……〉

そんな記事が載っている。

わたしは、ハッとした。自分のスマートフォンを取り出す。

やはり、慎からラインがきていた。昨日の昼過ぎに着信している。愛の件でドタバタしていて、気づかなかった……。そのラインを開く。

〈ごめん、海果。これの件で、君や愛に了解をとろうと思ってたんだけど、その前にマスコミに流れてしまったみたいで……〉

という文面。そして、新聞に載っていた写真集の表紙の画像が添付されていた……。

「さっき校長室に行ったら、校長がすごく熱心にこの記事を読んでて……」と武田。

「〈この魚を運んでるのは、ツボ屋をやってる卒業生の浅野海果君じゃないか？〉と訊くから、おれはうなずいたよ」と言った。

そうか……。わたしが学校で弁当を売っているとき、よく校長と顔を合わせている……。

「さらに〈もう一人は、うちの在校生じゃないか？　確か君が担任してるクラスの……〉と校長が言うから〈うちのクラスの本田愛です〉と答えたよ」

武田は、またビールに口をつけた。

「そこで、校長に話したんだ。愛の修学旅行積み立て金の件を……」

「それで？」とわたし。

「校長はこう言った。〈考えるまでもないよ。ツボ屋に払う事に決定した補助金の一部を、その積み立て金の不足分に充てればいい。その本田愛君がこうして頑張ってくれてるからこそ、あの弁当があるんだから、当然じゃないか〉と言って、もう一度この新聞記事の写真を指でさしたんだ」と武田。わたしを見て、

「お前と愛が、必死な表情で魚を運んでるこの写真を……」と言った。

「そして、校長はこうも言ったな。〈うちのような公立校には、経済的に苦しい家庭の子供もいる。しかし、どんな子もそんな状況の中に置き去りにしない、それが私たちの仕事ではないのかな？〉と……」

わたしと愛は、じっと武田を見ていた……。

「知らないかもしれないが、校長は苦労人でね……。家が貧しかったので定時制の高校を卒業して、努力に努力を重ねてきた人なんだ」と武田。

「このツボ屋に補助金を払う事に一番熱心だったのも校長だったな……」と言った。

そして、「一見あんな風貌(ふうぼう)だが、決断力はなかなかのものだ」と……。

校長の名前は、馬淵(まぶち)。ただ、やたら面長、はっきり言って馬面(うまづら)なので、生徒たちは〈うまぶち〉と呼んでいる。

その顔を思い出して、わたしはつい苦笑するところだった。

「というわけで」と武田。愛を見て、「明朝は7時に集合だ」と言った。

そして、プリントアウトされた用紙をカウンターに置き、

「お前は、女子の第2班」と愛に言った。この中学の修学旅行では、生徒は六人ずつの班になる。旅館やホテルで寝るのも、その六人が一緒だ。

プリントアウトされた用紙には〈C組・女子第2班〉とあり、〈班長・山内とも子　副班長・本田愛〉とプリントされている。ほかの四人の女子の名前もある。

「仲がいい子たちが一緒だからって、宿で騒ぐんじゃないぞ」と武田が微笑しながら愛に言った。

「さあ、支度しなくちゃ」わたしは愛に言った。

夜の7時過ぎ。わたしは、やや小型のボストンバッグを愛の前に置いた。それは、わたしが中学生だった頃、修学旅行に持っていったものだ。少し古びているけど、仕方ない。

「それと……」わたしは、下着を愛の前に置いた。タンクトップ型の下着だった。

修学旅行に行けば、同級生と一緒に着替えたりお風呂に入ったりするだろう。けど、愛のタンクトップ型の下着はくたびれ、あちこちほつれかけていた。なので、10日ほど前に四枚買っておいたものだ。さらに新しい歯磨きのチューブ、整腸剤などなど……。

愛は無言で、それを見つめている。その表情が硬く、まだ放心状態のようだ。いま起きてる事が信じられないという感じで……。

その夜、愛はほとんど眠れなかったようだ。

わたしたちは、相変わらず猫のサバティーニを間にして寝ていた。愛は、何回も寝返りをうっていた。

やがて、明け方。ふと見れば、愛はうとうとしている。その目尻に、ビーズ玉のような涙が一粒光っていた。

この半年以上……。愛は、自分が修学旅行に行けないとわかっていて、それでも同級生たちと北海道の話をしていたようだ。不自然にならないように、話を合わせていたのだろう……。

この年の子にとって、それがどれほど辛い事だったか……。わたしの胸は、しめつけられた。愛は、かすかに口を開いて眠っている。やがて、かすかに、

「ラベンダー……」と寝言を言った。窓の外が明るくなりはじめ、鳥の声が聞こえていた。

「ほら、急いで」わたしは愛をせかした。

朝の6時半。学校に向かっていた。

昨日の雨は上がり、明るい陽が射していた。今年は、かなり早く梅雨が明けるのだろうか……。

愛はいつものジャージ姿でかなりふくらんだディパックをかついでいる。わたしが、

ボストンバッグを持っている。

海岸道路を歩きはじめたところで、一郎の姿が見えた。もう、魚市場の仕事を終えたらしい。一郎は、トレーニングウェアでゆっくりとランニングをしていた。彼は、足を止め息を整える。わたしが持っているボストンバッグを見た。

「今日から修学旅行だったな、気をつけて」と愛に言った。

「それと、お兄ちゃんに土産を忘れずに」と笑いながら、愛の頭を撫でた。

一郎は、手を振りまた走りはじめた。全身がバネになったようなその走るフォームは、トップ・アスリートのものだった。

彼の中で、止まっていた時計の針が、いままた動きはじめたのだろう……。

「お兄ちゃん……」一郎の後ろ姿を見ながら、愛がつぶやいた。わたしは、うなずき、「そうだよ」と言った。

学校の前に、四台の観光バスが駐まっていた。

修学旅行に行く生徒たちが、次々と乗り込んでいる。二〇人ほどのお母さんたちも、見送りに来ている。C組のバスの近くで、わたしと愛は立ち止まった。

「じゃあね」

わたしは言った。ボストンバッグを愛に渡そうとした。そのとき、愛がわたしに抱きついてきた。何か、張りつめていたものが切れたように……。

そして、全身を震わせ泣きはじめた……。わたしも、愛の細い体を抱きしめた。やがて、

「わたし、本当に行けるんだ……」愛が、涙声で言った。やっと実感が湧いてきたらしい……。

わたしは何回もうなずき、愛の震える背中をさすってあげた……。

「ウミカ、いつか言ってたよね……どこかに神様がいて、一生懸命に頑張ってる人を見守ってくれてるって……。そうなのかな……」と愛。

わたしは、小さくうなずき、

「たぶんね……」と言った。いまは、それしか言葉が出ない。そのとき、

「愛!」という声がした。バスの窓から、トモちゃんと同級生たちが笑顔を見せている。

「早く! 愛!」とトモちゃんたちが手を振っている。

わたしは、抱きしめていた愛の体をはなす。自分のTシャツの袖で、涙でびしょびしょに濡れた愛の頬をそっと拭いてやった。

「ほら出発だよ」と言い、ボストンバッグを渡した。愛が、細い腕でボストンバッグ

を持った。こっちにふり向きながら、バスに乗り込んでいく……。

バスの窓には、耕平の顔もあった。わたしと目が合うと、少し照れたような笑顔を見せた。


出発時間がきて、バスはゆっくりと動きはじめた。

愛は、窓から顔を出し、手を振っている。わたしに向けて、懸命に手を振っている。その頰は、まだ涙で濡れている。

わたしは、思わず小走りになっていた。自分も思い切り手を振りながらバスを追いかけていた……。

1歩……2歩……3歩……4歩……5歩……。やがて、バスはゆるいカーブを曲がり見えなくなった。


わたしは、森戸の砂浜を店に向かってゆっくりと歩いていた。ほっと安堵の息をつきながら……。

ふと気づけば、慎からラインがきていた。

〈写真集の件、大丈夫だったかな？〉

わたしは立ち止まり〈心配しないで〉と返信。そして、〈そのうち葉山にこない？話したい事がいろいろあるんだ〉とつけ加えた。

そして、スマートフォンをエプロンのポケットにしまい、また歩きはじめた。

どこまでも広がるラベンダーの花畑を、同級生たちと楽しそうに歩いている愛の姿を、ふと思い描いていた。胸に熱いものがこみ上げる……。

人と人は、ときとして本物の家族より強い絆（きずな）で結ばれる事があるのだろうか……。

鼻の奥がツンとし、目尻が濡れているのに気づいた。わたしは、そっと目尻をぬぐい顔を上げた。

青い絵の具を塗ったような空に、白い積乱雲がわき上がっていた。綿（わた）アメのようなその雲が、少しにじんで見える……。

海からの風が吹き、愛の涙で湿ったTシャツの袖を揺らせている。

また、夏がはじまろうとしていた。

あとがき

その夏、僕は大学一年生だった。

夏休みの間、葉山にある海の家を手伝っていた。

大学の同級生が葉山から東京のキャンパスに通っていて、彼の家は食堂をやっていた。そして、夏の間は一色海岸で海の家を開くのだった。

その年、海の家のバイトが不足していたらしく、僕ら四、五人の学生仲間が泊り込みで手伝いをはじめた。

昔ながらの海の家……。

〈氷〉の旗が、潮風に揺れている。

〈温水シャワーあり〉と描かれたベニヤの板に、真夏の陽射しが当たっている。

サンオイルやスイカの匂いに包まれた夏……。

そんな海の家に、一人だけ女の子のバイトがいた。地元・葉山の子で、ヒロちゃんという。

(それがヒロコなのかヒロミなのかは、結局ききそこねたけれど……)。

ヒロちゃんは、高校三年生。海の家では主に調理を担当していた。

家が何か商店をやっていて、お母さんが忙しいらしく、ヒロちゃんは料理が上手かった。

髪を後ろで一つにまとめ、手際よく包丁を使う……。その陽灼けした首筋や腕を、僕らは仕事中によく眺めていた。

ヒロちゃんはかなり内気な性格らしく、口数は少なかった。ときおり、はにかんだような笑顔を浮かべた。めったに見せない控えめな笑顔……。それが小さな海岸町ならではのものだと、僕には感じられた。

ある日、お客が帰った夕方、ヒロちゃんが調理場で何か作っていた。それは、豚コマ肉と野菜を炒めたものだった。

「これは?」と僕らが訊くと、

「昼間のあまりもの……」彼女はポツリと言った。

たまに男の僕らが調理をすると、どうしても雑になり、食材をあまらせてしまうのだ。

焼きソバであまった豚肉やキャベツ、カレーであまったタマネギやニンジンなどを彼女は手際よく炒めていた。

やがて、それは大皿に盛られ、僕らは食べはじめた。

少しピリ辛に味つけされた炒め物は、とても美味(うま)かった。その事を言うと、

「だって、あまった肉や野菜って、もったいないから……」とヒロちゃんは小声で言った。ボソッとした小声だったけれど、〈もったいないから〉という言葉が僕の心の深いところに消え残った。

海の家の片隅にある安物のラジカセからは、オーティス・レディングの〈The Dock Of The Bay(ザ・ドック・オブ・ザ・ベイ)〉がよく流れていた、そんな夏だった……。

月日は過ぎ、僕は葉山に移り住んだ。

葉山の町を歩いていると、あのヒロちゃんに似た少女とよくすれ違う。スベスベとした首筋や腕が、ビスケットのように陽灼けした地元っ子……。

もちろん、それはヒロちゃんではないのだけれど、過ぎた日をプレイバックするスイッチを入れてくれる事がある……。

葉山を舞台に、食堂のストーリーを書こうと決めたとき、まず思い浮かんだのはあ

のヒロちゃんだった。

口数は少なく、ひたすら包丁を使っている少女の横顔……。

ここまで書けば、多くの読者にはわかるだろう。この物語の主役である海果の人物像は、ヒロちゃんとの思い出からスタートしている。

そして、かつて彼女がつぶやいた〈もったいないから〉の一言が、物語の背骨としてのテーマを与えてくれたと思う。僕らがふと忘れかけているその言葉が……。

この作品に登場する俳優の内海慎ではないが、僕自身、東南アジアや南の島を旅した事がある。そこでよく目にするのは、どんなにささやかな魚や野菜でも、とことん大切にする人々の姿だ。

比べて、日本人一人は、年に41キロの食物をゴミにしているという。

僕らは、いつからこれほどの魚を、肉を、野菜を、大事にしない国民になってしまったのだろう……。


まあ、そんなバックグラウンドはともかく……。

出荷しても売れないので捨てられた魚やイカを拾い集めては食堂をやる、そんな二人の少女たちの物語も、前作『潮風キッチン』に続いて二作目。

18歳の海果はさらに天然ボケで、13歳で経理部長の愛はさらに鋭い突っ込みを見せている。

年齢も性格も違うこの二人が、ぶつかったり、笑い合ったり、ときにはともに涙して、潰れかかった食堂を立て直していく。

そして、本当の姉妹のように心を通わせはじめていく……。

そんな海岸町の片隅で繰り広げられる物語が、ひとときでもあなたの心を温める事ができたら、作者としてはとても嬉しい。

最後にこの作品のラストシーンから一文を引用したいと思う。

「人と人は、ときとして本物の家族より強い絆で結ばれる事があるのだろうか……」

この作品は、ＫＡＤＯＫＡＷＡの角川文庫編集部・光森優子さんとのミックス・ダブルスで完成しました。ここに記して光森さんに感謝します。

縁あってこの作品を手にしてくれた読者の方々には、本当にありがとう！　また会えるときまで、少しだけグッドバイです。

綿アメのような夏雲がわく葉山で　　喜多嶋　隆

〈喜多嶋隆ファンクラブ案内〉

長年にわたり愛読者の皆さんに親しまれてきたファンクラブですが、現在はFacebook 上で展開しています。

★お知らせ

僕の作家キャリアも40年以上になり、3年前には出版部数が累計500万部を突破することができました。そんなこともあり、この10年ほど、〈作家になりたい〉〈一生に一冊でも本を出したい〉という方からの相談がきたり、書いた原稿を送られてくることがふえました。

その数があまりに多いので、それぞれに対応できません。が、そのことが気にかかっていました。そんなとき、ある人から〈それなら、文章教室をやってみてもいいのでは〉と言われ、なるほどと思いました。少し考えましたが、ものを書きたい方々のためになるならと思い、FC会員でなくても、つまり誰でも参加できる〈もの書き講座〉をやってみる決心をしました。

講座がはじまって約6年になりますが、大手出版社から本が刊行され話題になっている受講生の方もいます。作品コンテストで受賞した方も複数います。

なごやかな雰囲気でやっていますから、気軽にのぞいてみてください（体験受講あります）。

喜多嶋隆の『もの書き講座』

（主宰）喜多嶋隆ファンクラブ
（事務局）井上プランニング
（Eメール）monoinfo@i-plan.bz
（FAX）０４２・３９９・３３７０
（電話）０９０・３０４９・０８６７（担当・井上）

※当然ながら、いただいたお名前、ご住所、メールアドレスなどは他の目的には使用いたしません。

本書は書き下ろしです。

潮風(しおかぜ)メニュー

喜多嶋(きたじま) 隆(たかし)

令和4年 9月25日　初版発行
令和6年 11月15日　3版発行

発行者●山下直久

発行●株式会社KADOKAWA
〒102-8177　東京都千代田区富士見2-13-3
電話　0570-002-301(ナビダイヤル)

角川文庫 23322

印刷所●株式会社KADOKAWA
製本所●株式会社KADOKAWA

表紙画●和田三造

ISBN 978-4-04-112748-3　C0193

JASRAC 出 2205766-403

◆◇◇

角川文庫発刊に際して

角川源義

第二次世界大戦の敗北は、軍事力の敗北であった以上に、私たちの若い文化力の敗退であった。私たちの文化が戦争に対して如何に無力であり、単なるあだ花に過ぎなかったかを、私たちは身を以て体験し痛感した。西洋近代文化の摂取にとって、明治以後八十年の歳月は決して短かすぎたとは言えない。にもかかわらず、近代文化の伝統を確立し、自由な批判と柔軟な良識に富む文化層として自らを形成することに私たちは失敗して来た。そしてこれは、各層への文化の普及滲透を任務とする出版人の責任でもあった。

一九四五年以来、私たちは再び振出しに戻り、第一歩から踏み出すことを余儀なくされた。これは大きな不幸ではあるが、反面、これまでの混沌・未熟・歪曲の中にあった我が国の文化に秩序と確たる基礎を齎らすためには絶好の機会でもある。角川書店は、このような祖国の文化的危機にあたり、微力をも顧みず再建の礎石たるべき抱負と決意とをもって出発したが、ここに創立以来の念願を果すべく角川文庫を発刊する。これまで刊行されたあらゆる全集叢書文庫類の長所と短所とを検討し、古今東西の不朽の典籍を、良心的編集のもとに、廉価に、そして書架にふさわしい美本として、多くのひとびとに提供しようとする。しかし私たちは徒らに百科全書的な知識のジレッタントを作ることを目的とせず、あくまで祖国の文化に秩序と再建への道を示し、この文庫を角川書店の栄ある事業として、今後永久に継続発展せしめ、学芸と教養との殿堂として大成せんことを期したい。多くの読書子の愛情ある忠言と支持とによって、この希望と抱負とを完遂せしめられんことを願う。

一九四九年五月三日

角川文庫ベストセラー

潮風キッチン　喜多嶋　隆

突然小さな料理店を経営することになった海果だが、奮闘むなしく店は閑古鳥。そんなある日、ちょっぴり生意気そうな女の子に出会う。「人生の戦力外通告」をされた人々の再生を、温かなまなざしで描く物語。

かもめ達のホテル　喜多嶋　隆

湘南のかたすみにひっそりとたたずむ、隠れ家のような一軒のホテル。海辺のホテルに集う訳あり客たちが心に秘める謎と事件とは？　若き女性オーナー・美咲が彼らの秘密を解きほぐす。心に響く連作恋愛小説。

恋を、29粒　喜多嶋　隆

あるときは日常の一場面で、またあるときは非日常の空間で——恋は誰のもとにもふいにやってくる。その続きはときに切なく、ときに甘美に……。様々な恋のきらめきを鮮やかに描き出した珠玉の恋愛掌編集。

Miss ハーバー・マスター　喜多嶋　隆

小森夏佳は、マリーナの責任者。海千山千のボートオーナー、ヨットオーナーの相手をしつつも、ハーバー内で起きたトラブルを解決している。そんなある日、彼女のもとへ、1つ相談事が持ち込まれて……。

鎌倉ビーチ・ボーズ　喜多嶋　隆

住職だった父親に代わり寺を継いだ息子の凜太郎は、気ままにサーフィンを楽しむ日々。ある日、傷ついた女子高生が駆け込んで来た。むげにも出来ず、相談事を引き受けることにした凜太郎だったが……。